www.tredition.de

AF202189

Seit ihre Liebe zu Robert in einer Katastrophe endete, ist Paula Mädchen für alles in der Pfarre ihres unnahbaren Bruders.

Als Lena ins Dorf zieht, ironisch, frech, chaotisch, entwickelt sich zwischen den gegensätzlichen Frauen eine wunderbar aufrichtige Freundschaft, durch die sich Paulas Leben radikal verändert.

Es geht um Liebe und Menschenverachtung, um Gott und Katholizismus, um Treue, Ehebruch und ganz besonders um eine Freundschaft als Insel im Meer der Sprachlosigkeit.

Josefa Bissels schreibt seit gut zehn Jahren vor allem Kurzgeschichten. Für ihre Erzählung „Abschied" erhielt sie 2007 den Brandenburgischen Literaturpreis.

Die ehemalige Religionslehrerin und spätere Dozentin für Deutsch als Fremdsprache lebt in Krefeld.

Josefa Bissels

WEITER ALS DIE SCHWARZEN

KRÄHEN FLIEGEN

Roman

www.tredition.de

© 2010
Autorin: Josefa Bissels
Verlag: tredition GmbH
www.tredition.de
Printed in Germany

ISBN: 978-3-86850-676-1

Bibliografische Information der Deutschen Nationalbibliothek
Die Deutsche Nationalbibliothek verzeichnet diese Publikation in der Deutschen Nationalbibliografie; detaillierte bibliografische Daten sind im Internet über http://dnb.d-nb.de abrufbar.

Manchmal stehen wir auf
Stehen wir zur Auferstehung auf
Mitten am Tage
Mit unserem lebendigen Haar
Mit unserer atmenden Haut.

Nur das Gewohnte ist um uns
Keine Fata Morgana von Palmen
Mit weidenden Löwen
Und sanften Wölfen.

Die Weckuhren hören nicht auf zu ticken
Ihre Leuchtzeiger löschen nicht aus
Und dennoch leicht
Und dennoch unverwundbar
Geordnet in geheimnisvolle Ordnung
Vorweggenommen in ein Haus aus Licht.

Marie-Luise Kaschnitz

Paula sieht dem Auto nach, bis es von der Dorfstraße verschluckt wird. Erleichtert dreht sie sich um und geht ins Haus.

Als sie die Treppe zu den Schlafzimmern hochsteigt, sieht sie auf der obersten Stufe ihre halb geleerte Kaffeetasse und setzt sich wieder daneben. Stützt die Arme auf die Knie, legt den Kopf in beide Hände.

So hat sie vor etwa einer Stunde auf Hannes gewartet, sicher, dass er sie suchen würde.

Hannes, denkt sie. Das wird bleiben von diesem Abschied, dass sie ihn in Gedanken wieder Hannes nennt, wie früher.

Irgendwann hatte sie ihn dann unten auf dem Holzboden der Diele gehört und sich vorgestellt, wie er den Koffer hochhob, um sein Gewicht zu prüfen. Wie er die Tasche mit Büchern und Schreibzeug noch einmal öffnete und hineinsah, den Beutel mit Proviant befühlte. Er wartete darauf, dass sie herunterkommen und ihr Gepäck zu dem seinen stellen würde. Stattdessen saß sie reglos auf der obersten Treppenstufe, starrte aus dem gegenüberliegenden Fenster, wo hinter einem Stück Kirchturm Schönwetterwolken vorbeizogen, und fragte sich, ob sie feige war. Wie die Ehefrauen, die mit dem Auszug aus der gemeinsamen Wohnung warten, bis der Mann ein paar Tage verreist ist. Aber zum einen waren sie kein Ehepaar. Zum anderen sagte sie es ihm ja vorher, wenn auch im letzten Moment.

Unbestimmte Befürchtungen hatten sie zurückgehalten. Dass aus der Entscheidung, ihrem bisherigen Leben den Rücken zu kehren, so etwas wie eine Frage um Erlaubnis werden könnte, wenn sie es ihm sagte. Oder dass das Wunder, dem sie mit schlafwandlerischer Sicherheit folgte, sich unter seinem Blick in eine Versuchung des Teufels verwandeln würde. Und er müsste sich dann anstrengen sie zu retten. Wie er alle rettete, die sich seinem Rat und Urteil anvertrauten.

Sie weiß, dass er jetzt im Auto sitzt und in den Urlaub fährt.

Aber sie hört ihn wieder die Treppe hochkommen, während sie weiter aus dem Fenster sieht, spürt, dass er sie entdeckt hat, reißt sich von den Wolken los und wendet sich ihm zu.

Er steht etwas unter ihr und nimmt schweigend seine Brille ab, als müsste er sich daran festhalten. Die Geste rührt sie, weil sie sein Gesicht schutzlos macht und die Unsicherheit, die er verbergen will, offenbart.

Es muss ihm vollkommen verrückt vorkommen, seine vernünftige Schwester unmittelbar vor der Abfahrt in die Ferien bewegungslos auf der Treppe sitzen zu sehen.

„Wo ist dein Gepäck?", fragt er, während er auf die nächst höhere Stufe tritt und die Brille wieder aufsetzt. „Ich trag' es dir runter."

Ihre Gesichter sind jetzt auf gleicher Höhe.

Mutters Augen, denkt sie, dunkel und erschreckend nah. Die blonden Haare, auch von ihr, sind durch die Jahre zu einer grauen Tonsur geworden. Sein Atem riecht nach Pfefferminzbonbons, von denen er sich nach jedem Essen eins in den Mund steckt. Überrascht bemerkt sie, dass die Bartstoppeln auf Wangen und Kinn weiß geworden sind. Früher lag ein rötlicher Schimmer auf seiner Haut, wenn die Rasur nicht mehr frisch war.

Aus solcher Nähe sehen sie sich sonst nicht an. Wahrscheinlich treten ihre Sommersprossen auf Nase und Wangen deutlich hervor, die Falten um Augen und Mund. Sicher hat er bisher nicht bemerkt, dass es schon so viele sind. Ihr fällt ein, dass sie ihr rotes, krauses Haar offen trägt, wie manchmal in letzter Zeit, und dass er das nicht mag. Sein Problem, denkt sie und blickt ihm geradewegs in die Augen. „Ich fahre nicht mit", sagt sie und wendet sich erneut der Aussicht zu.

Sie hatte nicht mit ansehen wollen, wie er um Fassung rang, sie wieder fand, kühl und unnahbar wurde. Das kennt und hasst sie.

„Warum nicht?", hatte sie ihn fragen hören, kurz in sein mühsam beherrschtes Gesicht gesehen und dann auf ihre Hände, die ruhig in ihrem Schoß lagen. Kräftige Hände, gebräunt vom vielen Fahrradfahren.

„Ich gehe mit Lena nach Berlin", hatte sie auf ihre Hände hinab gesagt, und während sie jetzt in kleinen Schlucken den kalten Kaffee trinkt, denkt sie überrascht, dass das eine gute Formulierung war. Fahren hätte sich nach Wiederkommen angehört.

Der Himmel im Fensterausschnitt ist jetzt wolkenlos blau.

Er hätte es wissen können. Seit das Gerücht entstanden war. Seit seiner idiotischen Reaktion darauf. Wenigstens hatte er auf der Treppe sofort begriffen, dass es ihr ernst war. Sie konnte es an seiner Haltung sehen, den Schultern, die ein bisschen mehr nach vorne hingen als gewöhnlich. Groß, hager und leicht gebeugt ging ihr Bruder Johannes durchs Leben.

Sie hatte das Mitleid bekämpft, das in ihr hochgestiegen war. Diesmal würde sie gut zu sich sein. Das bedeutete, dass sie nicht gleichzeitig gut zu ihm sein konnte.

„Was meinst du damit?", hatte er sicherheitshalber gefragt. Ihr wären dann doch beinahe die Tränen gekommen, als sie geantwortet hatte: „Wenn du aus den Ferien zurückkommst, bin ich nicht mehr hier." Und weil er schwieg, hatte sie ein „Ach Hannes" hinterhergeschickt, die Nase hochgezogen. Hannes hatte sie ihn seit mehr als fünfundzwanzig Jahren nicht mehr genannt, seit seiner Priesterweihe nicht.

Ihr Anfall von Rührung war vorbei, als er fragte: "Warum hast du nicht eher mit mir darüber gesprochen?"

Sie verstand einfach nicht, dass er einen solchen Satz formulieren konnte. Eine Welle aus Zorn, Trauer und Resignation hatte sie rot werden lassen, dann war das gewohnte Schweigen auf sie gefallen, in das hinein sie das letzte Wort seiner Frage wiederholt hatte: "Gesprochen..."

Er verstand nicht. Sie sah es an seinem Gesicht, den hoch gezogenen Brauen, dem zusammengepressten Mund. Aber er fragte nicht, zog sich sofort zurück, fand sich ab. Er würde Gott sein Leid klagen, seinen Trost bei ihm finden. Er würde ihr auch das verzeihen, was er nicht verstand.

„Armer Dinosaurier", denkt sie.

Dinosaurier hatte Lena ihn zuerst genannt, respektlos wie sie war. "Er ist ein Dinosaurier, kannste nix machen."

Mein Gott, Lena.

Paula glaubt, dass schon am Morgen ihrer ersten Begegnung eine winzige Verschiebung der Erdkruste stattgefunden haben muss, eine Aufhellung der Atmosphäre, nicht zu messen, aber wirksam. Wieso erinnert sie sich sonst so genau an den Tag?

1

Es hatte geklingelt, und sie war aufgestanden. Durch das vergitterte Fenster der Haustür sah sie rote Haare, rot und kraus wie ihre eigenen. Im ganzen Ort gab es außer ihr niemanden, der solche Haare hatte. Sie strich sich mit der Hand über den Kopf, fühlte die Spange, die ihre Frisur zusammenhielt, und öffnete die Tür.

Das Lächeln der Frau wirkte sekundenlang traurig, dann legte sich Spott um die Augen. „Tach", sagte sie und nannte ihren Namen, Kindler. Sie trug ein elegantes Kostüm, auf dessen Kragen die ungebändigten Haare herabfielen.

Paula grüßte zurück, irritiert von der Fremden, die ihr irgendwie vertraut vorkam, obwohl sie sich nie vorher begegnet waren. Ihr forschender Blick wurde forschend erwidert.

„Kann ich Herrn Häuser sprechen?"

„Mein Bruder muss jeden Moment kommen. Sie können gern hier auf ihn warten."

Paula merkte, wie die selbstsichere Lässigkeit ihres Gegenübers sie verlegen werden ließ. Während sie die Fremde mit einer Handbewegung in die geräumige Diele bat, kämpfte sie gegen eine Röte, die sie schon im Nacken spürte. Zählte schnell ein Paar Bücher im Regal: Vier blaue Rücken auf dem obersten Brett. Die Blumen auf dem Tisch zwischen den Korbsesseln: Drei Efeuzweige und eine über den Winter gerettete rötliche Hortensienblüte. Dann hatte sie sich gefangen. „Vertreiben Sie sich die Zeit, so gut es geht", sagte sie mit freundlichem Nicken und erntete ein Lächeln, das vor allem Neugier ausdrückte.

Durch die offen stehende Tür ging Paula zurück an die Schreibmaschine, in der die halb getippte „Zeitung" steckte, ein einziges Blatt, von beiden Seiten beschrieben. Jeden Mittwochmorgen versank sie in den Notizen ihres Bruders, in Berichten von Teilnehmern verschiedenster Aktionen, eigenen Beiträgen, Terminankündigungen. Sie liebte das Feilen an Texten, das Umstellen der verschiedenen Beiträge, die Suche nach passenden Zitaten oder Gedichten. Jeden Mittwoch war sie in Zeitnot. Sie musste mit dem Kopieren fertig sein, bevor der erste Austräger der Kirchenzeitung schellte, in deren Mitte das „Wochenblatt der katholischen Pfarrgemeinde St. Josef" einsortiert wurde. Heute war sie abgelenkt von der Frau nebenan, die jetzt wahrscheinlich in einem Buch blätterte, den Kopf gesenkt, die roten Haare um sich herum.

Bestimmt gefiel ihr die Diele. Paula war stolz auf den großen Raum, der durch ihr Betreiben entstanden war. Zwei Wände hatte man einreißen müssen, um den kalten, dunklen Flur zu beseitigen. Er war ihr wie eine Grabkammer vorgekommen, als sie mit Johannes das leere Pfarrhaus besichtigt hatte. Einunddreißig war er damals und stolz auf seine erste eigene Gemeinde. Sie dagegen war zu dieser Zeit endgültig diszipliniert durch Roberts Tod, der sie voll von Schuldgefühlen und Trauer zurückgelassen hatte, sechsundzwanzig Jahre alt.

Wo Frau Kindler wohl wohnte? Ob sie überhaupt aus dem Ort war? Vielleicht gerade erst zugezogen?

Sie hörte ihren Bruder kommen, ein paar Fetzen hin- und her fliegender Begrüßungsworte, eine Tür. Dann hörte sie nichts mehr und vertiefte sich in ihre Arbeit. Erst als Johannes ins Büro kam und Grüße von Frau Kindler bestellte, tauchte sie wieder auf. Sie tippte den Satz zu Ende und drehte sich nach ihm um, aber er war schon wieder gegangen.

Beim Mittagessen kreisten ihre Gedanken um die Frau mit dem besonderen Lächeln, die ihre Haare hatte. Sie sah den Bruder an, der abwesend wirkte. Vielleicht war er noch bei dem Gespräch von vorhin. Worüber sie wohl geredet hatten? Sinnlos, ihn danach zu fragen, denn natürlich waren Leute, die zu Gesprächen mit ihm kamen, tabu. Niemand konnte so selbstverständlich Fragen überhören und Antworten verweigern wie Johannes.

Er aß mit der konzentrierten Ruhe, die zu ihm gehörte. Etwas nach vorn gebeugt biss er in ein Stück Brot. So wurde in seinen grauen Haaren die Hinterkopfglatze sichtbar, eine blanke Scheibe, übersät mit Sommersprossen. Die helle Haut mit den Pigmentflecken hatten sie beide vom Vater geerbt.

„Sympathisch, diese Frau Kindler", sagte Paula so nebenbei, verrührte noch einen Schuss Sahne in der Suppe und sah aus den Augenwinkeln, wie Johannes auf seinen Teller nickte, beinahe so, als wäre er befangen.

„Sie kommt aus Berlin. Ihr Mann ist Architekt. Er baut den Hotelkomplex in der Nähe. Wahrscheinlich auch noch andere in der Umgebung."

Paula blickte hoch. „Und was macht sie so?"

Konzentriert biss er erneut in die Scheibe Brot und schwieg. Vermutlich hatte er für seine Verhältnisse das Tabu bereits gebrochen. Die Frau eines Architekten also. Ob sie auch Architektin war? Das würde passen. Sie hatte Stil. Aber sie wirkte auch etwas arrogant, was Paula nicht ausstehen konnte. Ob sie nur so wirkte, oder ob sie arrogant war?

Immer wieder fiel ihr Frau Kindler ein, während sie die Küche aufräumte, Wäsche faltete, Kaffee trank.

Gegen drei verließ sie wie üblich das Pfarrhaus, dessen dunkle Backsteinfront sich in die Häuserreihe gegenüber der Kirche einfügte. Haustür und Kirchenportal lagen sich gegenüber, so dass jeder, der aus dem Haus trat, unweigerlich die Kirche im Blick hatte, neugotisch, mit hell gefugten Ziegeln und viel zu groß für den Ort. Um diese Jahreszeit sah man die gemauerten Spitzbögen des Portals durch die fast schwarzen Äste der beiden Kastanien hindurch. An ihnen versuchte Paula seit kurzem den Stand des Frühlings abzulesen.

Sie überquerte die Straße und schaute hoch. Unter dem hellgrauen Himmel sah sie ein Gewirr von Ästen und Zweigen, die in großen Bögen nach oben zeigten. Die dicken Knospen waren noch ganz und gar braun. Paula wartete auf den ersten Schimmer Grün. Jeden Tag hoffte sie, es würde zwischen den klebrigen Schuppen sichtbar werden und anzeigen, dass sich endlich die plissierten Blätter entfalteten, bereit, in wenigen Tagen zu explodieren. Vorsichtig berührte sie die Knospe eines Seitentriebs.

Der Vorplatz wurde zu beiden Seiten der Kirche von einem niedrigen Mauerbogen begrenzt. Paula öffnete das Törchen auf der rechten Seite und stieg zum Friedhof hinunter. Von unten wirkten die umgebenden Wände hoch, schufen einen Eindruck von Stille und Abgeschiedenheit. Der Friedhof war klein, anders als die Kirche, der Einwohnerzahl des Ortes angemessen. Sie ging an den Gräbern vor der Mauer entlang. An vielen Stellen wuchsen Schneeglöckchen, Krokusse und andere Frühlingsblumen. Ein Amselpaar verfolgte sich zwischen Kreuzen und Steinfiguren.

Hier lag niemand, den sie persönlich betrauerte. Die Gräber der Eltern und Verwandten waren auf dem Friedhof ihres Heimatortes, gut dreißig Kilometer entfernt. Und Robert lag weit im Süden.

Sie bog nach links zu den Kriegsgräbern, einem Stück Rasen mit schräg liegenden Steinkreuzen in Reih und Glied, vor jedem eine verblühte Erika. Dahinter die Trauerweide mit der Bank, dann das gemauerte Gerätehaus, in dessen unbenutztem Anbau die Fahrräder standen. Sie schloss auf, ihre Augen stellten sich auf das Dämmerlicht ein. Es lohnte sich nicht, das elektrische Licht anzumachen, das ihr Bruder extra für sie hatte verlegen lassen. Dazu war es nicht dunkel genug. Außerdem stand Ihr Rad gleich vorne. Johannes benutzte seins kaum, während Paula täglich mit ihrem fuhr. Ein Tag ohne Fahrrad machte sie kribbelig. Sie schob es auf die Kirche zu, las im Vorbeigehen hier und dort einen Namen, sah Menschen vor sich. Nach so vielen Jahren im Pfarrbüro kannte sie die meisten. Am hinteren Eingang stellte sie ihr Rad ab und holte aus der Kirche die silberne Burse mit der Krankenkommunion. Den Behälter, der aussah wie eine kostbare Pillendose, schob sie in die Umhängetasche unter ihrer Jacke.

Feuchtigkeit lag in der Luft, als sie die letzten Häuser des Ortes hinter sich ließ. Sie war gern so unterwegs. Es kam ihr vor, als ginge Wärme von dem Stück Brot in der Silberkapsel aus, was natürlich nicht stimmen konnte. Ob sie glaubte, was Johannes darüber in der Messe sagte, wusste sie nicht. Lamm Gottes? Leib Christi? Sie wusste aber, dass es Menschen tröstete. Das reichte ihr, seit sie aufgehört hatte, sich mit theologischen Fragen zu quälen. An den Pflanzungen der Baumschule vorbei fuhr sie auf die Landstraße zu, überquerte sie, und gewann auf dem Radweg an Fahrt. Die Augen auf dem Asphaltband vor sich, genoss sie den Wind, der ihr zeigte, dass sie sich stetig entfernte. Sie fuhr schnell und gleichmäßig, dachte an nichts. Der Verkehr auf der Straße drang kaum zu ihr durch.

Irgendwann wurde sie langsamer, stellte fest, dass sie ungewöhnlich weit gefahren war und sah auf die Uhr. Sie musste zurück, wenn sie pünktlich bei Frau Albrecht sein wollte.

Familie Albrecht wohnte am Ortsrand in einem alten Bauernhof, der inzwischen zweckentfremdet war. Die Erwachsenen arbeiteten in der nahe gelegenen Kreisstadt, die Scheunen waren als Lagerräume vermietet, die Weiden wurden von Pferden des benachbarten Reiterhofs abgegrast.

Aufgeräumt sah der Hof aus, als sie von der Straße durch das große Tor ging. Paula nahm ihr Rad mit. Innen war reichlich Platz. Ein Plattenweg führte durch den aufgeweichten Boden zum Wohnhaus und von dort zu dem niedrigen Anbau, an dessen Eingang sie klingelte. Die Tür war nicht verschlossen. „Hallo!", rief sie, „Frau Albrecht!", und ging die paar Stufen hoch ins Haus. Auf ihr Klopfen antwortete niemand. Sie öffnete die Tür und sah, dass die alte Frau mit nach hinten gesunkenem Kopf und geöffnetem Mund eingeschlafen war. Auf einem Tischchen neben ihrem Sessel lief der Kassettenrecorder. Eine Männerstimme sprach relativ schnell. Es hörte sich nach einem Krimi an. Frau Albrecht war Mitglied in der Blindenhörbücherei.

Dass man sie erwartete, sah Paula an der Couchtischdekoration. Auf einem Häkeldeckchen stand ein Kreuz mit einer Kerze davor. Das hatte die Schwiegertochter vorbereitet.

Paula stellte den Kassettenrecorder ab, eine erprobte Methode, Frau Albrecht auf sanfte Weise zu wecken. Die plötzlich eingetretene Stille zeigte Wirkung. Die alte Frau fuhr sich mit der Zunge über die Lippen, öffnete die Augen und fand langsam in die Wirklichkeit zurück.

„Guten Tag, Frau Albrecht", sagte Paula. „Ich bringe ihnen die Kommunion." Ihre rechte Hand legte sie sanft auf die im Schoß liegenden Hände.

„Ah, Fräulein Häuser!" Auf den zerknitterten Wangen zeigte sich ein Lächeln. „Schön, dass Sie da sind." Und nach einer kleinen Pause: „Der Herr Pastor hat also wieder mal keine Zeit für mich."

Paula hatte ihre Jacke über eine Stuhllehne gehängt und die geöffnete Burse vor die Kerze gelegt.

„Wie geht es Ihnen?"

„Bei dem useligen Wetter tun mir die Knochen weh. Aber wir wollen mal zufrieden sein."

„Bald wird es Frühling", sagte Paula.

Das war Frau Albrechts Stichwort. Sie kannte noch bemerkenswert viele Texte auswendig, Gedichte, Lieder, Gebete, und war sehr stolz darauf. Und so deklamierte sie augenblicklich ein paar Zeilen, die damit endeten, dass es Frühling werden musste. Wie ein Schulkind sprach sie, schnell und ohne Betonung, und blickte dabei in Paulas Richtung. Die kannte das schon. Jedes Thema konnte der Beginn einer solchen Rezitation sein.

Sie zog sich einen Stuhl heran. In der Stille, die entstand, faltete Frau Albrecht die Hände.

Paula überließ ihr den Anfang, wartete auf den ersten Psalmvers. Abwechselnd würden sie sprechen, wie in der Kirche, das war der eingeübte Einstieg in das kleine Ritual.

„Der Herr ist mein Hirte..." Die Bilder des Textes wanderten durchs Zimmer, bis das „Amen" sie einholte.

Nach einem gemeinsam gesprochenen „Vater unser" legte Paula ihr die Hostie in die hingehaltene Hand. Die anschließende Stille beendete Frau Albrecht mit dem obligatorischen Marienlied. Ihre Stimme war etwas wackelig. Paula sang mit, und so brachten sie alles gut zu Ende. Schon in der Tür, nach einem herzlichen Abschied, hörte sie Frau Albrecht erneut nach Johannes fragen. „Wann kommt denn der Herr Pastor zu mir?" „Beim nächsten Mal", konnte Paula ihr versprechen, „in der Woche vor Ostern", und sah ein überaus zufriedenes Lächeln in Frau Albrechts Gesicht. „Grüße an den Herrn Pastor", hörte Paula sie noch rufen, als die Tür zufiel.

Wieso versetzte es ihr noch jedes Mal einen Stich, dachte sie, als sie das Rad durchs Tor schob. Sie wusste doch, dass es so war.

Auf dem Weg nach Hause glaubte sie, Frau Kindler zu sehen. Sie trug das Kostüm vom Morgen und eine Mütze. Beim Näherkommen stellte sie fest, dass sie sich geirrt hatte.

Als sie das Fahrrad zurückbrachte, hörte sie aus der erleuchteten Kirche mageren Gesang und horchte. Das Eingangslied. An Wochentagen wurde ohne Orgelbegleitung gesungen.

Paula schloss den Schuppen zu, summte die Melodie mit, die aus der Kirche herüberwehte. Der Friedhof war erleuchtet, sie hatte keine Angst. Unmittelbar vor dem Gerätehaus war eine helle Lampe mit Bewegungsmelder angebracht, der andere Teil wurde von den Straßenlaternen beschienen.

Beim Überqueren der Straße fiel ihr ein, dass Mittwoch war. Der Mittwochabend war frei. Keine Gruppe in der Diele, wie z.B. donnerstags der Frauenkreis, bei dem sie mitmachte, oder alle vier Wochen montags die Priestergruppe, zu der sie natürlich nicht gehörte, für die sie aber die Getränke besorgte. Sie hatte mittwochs auch sonst keinen Termin, während Johannes an diesem Tag zwischen Gottesdienst und Pfarrgemeinderatssitzung nur wenig Zeit fürs Abendessen blieb. Sie würde ihm schon die Brote streichen, dann ging es schneller.

Als er dann kam, war er noch mehr in Gedanken als gewöhnlich. Schweigend hängte er seinen Mantel an die Garderobe, schweigend setzte er sich vor seinen Teller, aß seine Brote, trank seinen Tee und merkte nicht, dass er schwieg, dass Paula mitschwieg. Ein „Danke" beim Aufstehen, dann hörte sie die Tür, legte die Beine hoch, schüttete sich noch mal Tee ein. Gleich würde sie in den Keller gehen und eine Flasche Wein holen, die kühlen konnte, solange sie in der Diele die Zeitung las. Die Korbsessel der Diele waren gemütlich, das Licht gut. Sie saß gern dort ohne Deckenleuchte, nur mit der Stehlampe. Der Raum verlor sich im Dämmerlicht zu den Fenstern hin, durch die schwach das Licht der Straßenlaternen schien.

Paula stand auf, räumte Lebensmittel und Geschirr weg, nahm eine Tafel Schokolade aus dem Küchenschrank und legte sie im Vorbeigehen auf das Tischchen mit den Zeitungen. Die Kellertreppe war gleich hinter der Diele. Der kleine Weinvorrat lagerte im letzten Keller, rechts neben der Waschküche.

Johannes trank Leitungswasser. Nur wenn Besuch da war, gönnte er sich ein Glas Wein. Er leistete sich überhaupt keine Extras, höchstens ein paar Nüsse und die Pfefferminzbonbons nach dem Essen. Sie fand es übertrieben, bewunderte ihn aber auch. Er fastete nicht nur in den sechs Wochen vor Ostern, sondern eigentlich das ganze Jahr. Wem half das? Verband ihn das mit den Hungernden? Mit Gott? Aber solche Fragen stellte sie ihm schon lange nicht mehr. Am Anfang war das anders gewesen, da hatte sie sich gefreut, ihren großen, klugen Bruder so nah zu haben. Sie hatte ihre Gedanken und Zweifel vor ihm ausgebreitet, vor allem viel gefragt. Er hatte auch immer geantwortet, geduldig und freundlich, aber mit der Zeit hatte sie gemerkt, dass er Antworten gab, die sie auch in Büchern hätte nachlesen können. Er sprach fast nie von sich. Als ihr das aufging, fühlte sie sich verletzt. Sie hatte sich entblößt, während er den Mantel anbehalten hatte. Weinend hatte sie ihn zur Rede gestellt. „Du nimmst mich nicht ernst, lässt dich nicht ein!" Außer bei Mutters Tod war dies das einzige Mal, dass er sie in den Arm genommen hatte. „Ich bin Priester, versteh doch! Es geht nicht um mich, ich bin unwichtig. Gott soll sichtbar werden." Für seine Verhältnisse hatte er laut gesprochen, war rot geworden dabei. Es hatte sie gerührt. Immerhin nahm er sie so ernst, dass er bereit war, seine Verlegenheit zu ertragen. War hinter seiner ruhigen Fassade mehr Leidenschaft, als sie für möglich gehalten hatte? „Ich glaube nicht an deine Theorie", hatte sie gesagt und die Tränen abgewischt. „Es kommt auf den Betrachter an." Aber da hatte er schon wieder geschwiegen.

Paula brauchte immer wieder mal etwas Leckeres. Inzwischen stand sie dazu, trotz des asketischen Bruders neben sich. Es hatte lange gedauert, bis sie ohne schlechtes Gewissen Leckereien kaufen konnte. Am liebsten mochte sie Nussschokolade, Kartoffelchips oder gesalzene Erdnüsse. Manchmal, wenn nichts dergleichen im Haus war, machte sie sich Sahne-Karamell-Bonbons und ließ ganz bewusst einen Teller davon auf dem Küchentisch stehen, aber Johannes war nicht zu verführen. Die Flasche Wein würde sie in zwei oder drei Tagen leer trinken. Bei der Suche nach einem halbtrockenen Mosel fiel ihr die Zielscheibe ein, die sie hinter den Kartons im letzten Regal hervorzog und an eine freie Stelle der Wand hängte. Dort war extra ein Nagel eingeschlagen.

Die Rückseite konnte sie noch akzeptieren, während die Vorderseite mittlerweile ruiniert war. Überall gebrochenes Stroh, das stachelig heraus stand, so dass man die Farben nur noch ahnen konnte. Paula ging ein paar Schritte zurück, hatte die Pfeile in der Hand und kniff das linke Auge zu.

So hatte sie es beim ersten Mal gemacht, als sie plötzlich für einen Augenblick zum Mittelpunkt der Welt geworden war. Alle hatten im Sonnenschein um sie herumgestanden. Es war Johannes' 14. Geburtstag gewesen, die Scheibe ein Geschenk von Onkel Toni, solide selbst gemacht. Die hart gedrehten Strohstränge leuchteten gelb, rot und schwarz von der Schuppentür im geschmückten Hof. „Kaiserwetter", hatte Vater gesagt, und Mutter war mit der Hand über die blonden Haare ihres Sohnes gefahren: „Wenn Engel Geburtstag haben ..." Paulas Geburtstag war im November. Fast alle hatten schon geworfen, vor allem Johannes, der jedes Mal lange und konzentriert gezielt und dann doch daneben geworfen hatte. Bis auf einen waren seine Pfeile alle auf der Schuppentür gelandet. Onkel Toni war am besten und wurde beklatscht, als zwei Würfe die Mitte trafen.

Sie hatte betteln müssen, bevor man ihr auf die Fürsprache des Vaters hin die Pfeile überließ, und dann war das Wunder geschehen: Sie hatte das linke Auge zugekniffen, gezielt und hintereinander alle Pfeile los geworfen, ohne zu denken, mit aller Kraft. Nur einer hatte im Rot gesteckt, die anderen alle in der schwarzen Mitte.

Sie spürte jetzt noch, wie der Bart des Vaters ihre nackten Beine kitzelte, als er sie auf den Schultern im Kreis herum trug, während die anderen klatschten. Damals war sie klug genug gewesen, nicht noch mal zu werfen. Hier im Keller sah ihr niemand zu. Auch musste sie nicht den Blick der Mutter auffangen, der sie verunsichert hatte. War es unverschämt von ihr gewesen, den Bruder an seinem Geburtstag so locker zu besiegen, fünf Jahre jünger und ein Mädchen?

Paula setzte die Brille auf. Etwas halbherzig stand sie zwischen den Regalen. Ihr Glück war ein Triumph gewesen. Zu Recht, fand sie, und schob die Ärmel ihres Pullovers hoch, blies eine Haarsträhne aus dem Gesicht, zielte und warf schnell hintereinander mit aller Kraft, ohne zu denken: Drei im Schwarz, zwei im Rot und ein Ausrutscher, der beim Herunterfallen von der gekalkten Wand auf die Weinflasche klickte, die unter der Scheibe stand. Das reichte ihr nicht. Also einsammeln und noch einmal: Vier im Schwarz, einer im Rot, einer im Gelb. Das ließ sie für heute gelten, verbeugte sich leicht und versteckte die Utensilien wieder. Sie wischte den Kalk von der Weinflasche und brachte sie in den Kühlschrank.

In der Zeitung las sie, dass „die Mutter aller Schlachten" ihre Kinder gefressen und die Bohrtürme in Brand gesetzt hatte. Sie sah die Bilder vor sich, riesige Fackeln am Nachthimmel. Nur die Toten waren bei der Bildberichterstattung ausgespart worden. Wie zum Hohn stand unter der Grafik mit dem Titel „Bilanz des Golfkriegs" eine Summe von fast neunzig Milliarden DM.

Paula schloss einen Moment die Augen. Sie hatte den Mund voll Schokolade, kaute auf Nüssen und bekam wieder mal die verschiedenen Seiten der Welt nicht zusammen. Schnell blätterte sie zum Lokalteil weiter, in dem mitgeteilt wurde, dass die Wasserqualität der Niers sich stetig verbesserte. Na bitte, am Niederrhein war die Welt noch in Ordnung! Kevelaer rüstete sich wieder für die Saison. Alle Straßenarbeiten sollten in Kürze abgeschlossen werden, damit die Pilger ungehindert ihre Wallfahrten abhalten konnten. Im Kino von Geldern lief „Der mit dem Wolf tanzt", ein Film, bei dessen Entstehen Indianer das Filmteam beraten hatten. Vielleicht wurde doch noch was aus dieser Welt. Wahrscheinlich, bestimmt! Sie mühte sich tapfer, daran zu glauben.

Paula machte kein Licht, als sie mit Weinflasche und Glas in ihr Zimmer kam, das über der Diele lag. Die Straßenlaterne vor dem linken der drei schmalen Fenster schien hier oben so hell, dass man in ihrem Umkreis lesen konnte. Vor dem mittleren Fenster stand ein alter Küchentisch, den sie, wie den Stuhl davor, blau gestrichen hatte. Sie legte Musik auf, setzte sich und sah mit aufgestützten Armen aus dem Fenster. Hier war sie den Kastanien näher, auch der Kirche, dem Himmel, der heute einfach nur dunkel war, ohne Mond und Sterne.

Sie öffnete die Spange und spürte, wie das befreite Haar in Wellen auf Nacken und Rücken fiel. Frau Kindler trug es ganz unbekümmert offen, fiel ihr die Begegnung vom Vormittag ein, fast so, als sei sie stolz darauf. Paula fand sie schön, ungewöhnlich, etwas widersprüchlich mit dem traurigen Lächeln, der eleganten Kleidung und einer solchen Frisur.

Draußen war alles still, Postkartenidylle. Paula wippte im Rhythmus der Melodie mit dem Stuhl, nippte am Glas, knipste später die Tischlampe an. Auf der Lackfläche lagen noch ein paar Schnitzel vom letzten Linolschnitt, die jetzt im Licht sichtbar wurden. Sie zog die Schublade auf, in der verschiedene Messer, Farben und Walzen lagen, und wischte sie mit der Hand hinein.

Linolschnitte gehörten seit der Zeit mit Robert zu ihrem Leben. An diesem blauen Tisch, der damals noch in ihrem Zimmer im Elternhaus stand, hatte er ihr die Technik gezeigt und war erstaunt gewesen, wie leicht es ihr fiel, Gesehenes auf wenige Linien zu reduzieren, mit ein paar Strichen Stimmung zu erzeugen. Eine ihrer ersten Arbeiten hing seitdem über ihrem Bett, einmal in blau und einmal in grün. Wenige horizontal verlaufende Wellenlinien in unregelmäßigen Abständen wie Bergrücken, zum Horizont hin enger werdend. Alle Platten mit mindestens einem Abdruck stapelten sich in der großen Truhe neben dem Tisch, die ihr manchmal wie ein Sarg vorkam.

Die Musik endete. Paula stand auf, zog die Vorhänge zu. Blieb vor dem Spiegel stehen.

„Komm her, min Füssken!"

Sie ist auf einmal wieder vier oder fünf und fühlt sich auserwählt von der Stimme, die sie ruft. Strahlend geht sie auf den Vater zu, der schon vor dem großen Spiegel in der Diele auf sie wartet, stellt sich vor ihn mit dem Gesicht zum Spiegel, sieht ihn darin auffordernd an, glücklich, denn sie weiß, was kommt: Langsam bückt er sich so tief, bis sein roter Bart auf ihrem Kopf liegt, Stirn und Schläfen bedeckt. Es ist kein Unterschied zu sehen zwischen seinen und ihren Haaren. Die Farbe ist gleich. Paulas kleines, helles Gesicht ist umrahmt von einem roten Heiligenschein. „Schön", sagt der Vater andächtig und nimmt sie langsam so weit hoch, dass er aufrecht stehen kann, ohne den Kopfschmuck zu zerstören. Und dann wirbelt er sie im Kreis herum und singt: „Wir gehören zusammen, wie der Wind und das Meer ..."

Die kleine Paula findet ihre Haare schön. Neckereien, Blicke, Bemerkungen ändern nichts daran.

Die über 50-jährige vor dem Spiegel zupfte die Haare etwas vom Kopf weg. Sie sollten aussehen wie damals, als sie ahnungslos ins Zimmer gekommen war, wo fremder Besuch am Tisch saß.

Es waren zwei schöne Frauen, die rauchten, während Mutter Muckefuck nachgoss. Vater rauchte auch. Auf den leer gegessenen Tellern sah Paula Marmeladeflecken. Holundermarmelade. Alle sahen sie an, als sie plötzlich in der Tür stand, und einen Augenblick lang hörte man nur das Summen einer verirrten Fliege. Dann sagte Mutter: „Das ist unsere Paula."

In dem Gesicht der Frau mit dem besonders roten Mund sah Paula Verblüffung, die sich in dem Ausruf: „Ein Rotfuchs!" entlud. „Mein Gott!", sagte die andere.

„Wir sind zusammen zur Schule gegangen", hörte sie die Mutter sagen. In ihrem Gesicht las Paula die Aufforderung, die beiden Frauen zu begrüßen. Sie gab ihnen die Hand, sagte „Guten Tag" und wurde gefragt, ob sie schon zur Schule gehe. Ja, seit ein paar Wochen, wenn kein Fliegeralarm war. Ob es ihr gefalle. Ja. Dann stand sie abwartend im Raum. Irgendetwas war kaputt gegangen. Sie wusste nicht, was es war.

„Komm her, min Füssken", rief Vater. Es klang, als wollte er es flicken. Und während sie zu ihm ging, verstand sie zum ersten Mal das zärtliche Spiegelwort. Und sie verstand auch die Anspielungen und Blicke. Sie war ein Rotfuchs, und das war schlimm. Mutter ging und machte ihr ein Brot mit Holundermarmelade. Sie saß beim Essen auf Vaters Schoß. Später durfte sie mitfahren, als er die Frauen mit dem Fuhrwerk zum Bahnhof des Nachbarortes brachte. Sie saß neben ihm auf dem Kutschbock, die beiden mit den schönen Kleidern auf dem Pritschenwagen, dessen Boden mit einer Decke ausgelegt war. Unterwegs konnte sie den Bombentrichter sehen, der die Gleise der Kleinbahn zerstört hatte, durch die sie bis vor kurzem mit der Außenwelt verbunden gewesen waren.

Beim Zubettgehen hatte sie vor dem Spiegel Frisuren ausprobiert, mit Gummibändern und Klämmerchen stramm geflochtene Zöpfe am Hinterkopf befestigt.

Die Paula auf der obersten Treppenstufe streicht sich in Gedanken mit der Hand über den Kopf und sucht die Spange, die nicht da ist. Sie sieht zum Kirchturmhahn, an dessen Schwanzfedern immer noch einige bunte Bänder wehen. Zwar sind sie inzwischen etwas schmutzig und ausgefranst, aber das macht nichts, der Hahn hat für sie symbolische Bedeutung.

2

Wochenlang war der Kirchturm verwaist gewesen, bis der Hahn frisch vergoldet auf einem Tisch vor der Kirche gestanden hatte, die Schwanzfedern mit bunten Bändern geschmückt. Johannes ging mit einem Messdiener im Gefolge um ihn herum und verspritzte Weihwasser. Die Kommunionkinder des letzten Jahres sangen Lieder. Auf der Friedhofsmauer saßen Jugendliche mit gelangweilten Gesichtern. Gleich würde der Kran kommen und eine Menge Leute, die zusehen wollten, wie der Hahn an seinen angestammten Platz gebracht wurde.

Paula lehnte ihr Fahrrad an eine der Kastanien, deren Knospen inzwischen aufgeplatzt waren. Wie kleine Schirme standen die hellgrünen Blätter auf den Stielen und sprenkelten den Platz mit Schattenmustern. Seit dem Frühstück war sie Rad gefahren: Auf der Landstraße geradeaus, schnell und schneller, am nächsten Ortsschild ohne Pause in der umgekehrten Richtung zurück, bis zur Abzweigung über die Niers. An der Brücke war sie langsamer geworden, am Wasserschloss vorbeigefahren, durch die Baumallee, ein Wäldchen, Wiesen. Auf dem samstäglichen Wochenmarkt der Kreisstadt hatte sie eingekauft und nun Probleme mit dem überfüllten Fahrradkorb, der das Rad wackelig machte und damit das Anlehnen schwierig.

Le coq est mort, le coq est mort... Paula rief sich zur Ordnung, versuchte, den verrückten Kanon zu verscheuchen, der ihr plötzlich eingefallen war, hörte dem Lied der Kommunionkinder zu. Aber die sangen einfach zu leise, man verstand sie nur, wenn man die Worte kannte, die der Wind sofort mitnahm. Schade.

Il ne dira plus coqodi coqoda... Die Menschen vor ihr interessierten sie mehr als der vergoldete Vogel. Sie wurde gegrüßt, grüßte zurück, blickte um sich. Und da sah sie Frau Kindler, die vom Rad sprang und neugierig auf das Geschehen blickte. Als sie sich nach einer Weile umsah und Paula entdeckte, winkten beide gleichzeitig. Es war das zweite Mal, dass sie sich begegneten. Sie schob ihr Rad zu Paula hinüber, und ihre Lachfalten besiegten die melancholischen Linien um Augen und Kinn, ließen Spott in den Mundwinkeln zurück. An ihrem linken Ohr, hinter dem die Haare zurückgekämmt waren, trug sie einen langen Silberohrring mit einem Türkis. Der Schal hatte dieselbe Farbe. Auffallend, dachte Paula, etwas für die Stadt, und bemerkte, dass sowohl Männer als auch Frauen ihr nachsahen. Sie schien es gewohnt zu sein, kümmerte sich kein bisschen darum. Brauchte sie es, im Mittelpunkt zu stehen? Lächelnd gab sie Paula die Hand, die damit ebenfalls in den Bannkreis des allgemeinen Interesses geriet, hin- und hergerissen, ob sie das gut oder schrecklich finden sollte. Nach ein paar Worten über den Hahn, die Fahrräder, das Wetter, sahen sie zu, wie die Kinder einen Kreis um den Tisch bildeten und singend darum herum liefen. Paula kam das ganze Spektakel plötzlich albern vor. Wie Frau Kindler es wohl fand? Verstohlen sah Paula sie von der Seite an. Da drehte sie sich zu ihr um. „Kommen Sie mit zu mir? Per Rad sind es knapp zehn Minuten. Wir trinken Kaffee oder so. Fände ich schön. Den Hahn schaffen die auch ohne uns auf den Turm." Ihr Gesicht zog Paula magisch an.

Sie brachte schnell die Einkäufe ins Haus und überschlug dabei, wie viel Zeit sie hatte. Es war halb elf. Wenn sie eine halbe Stunde für Hin- und Rückfahrt rechnete, blieb ihr eine Dreiviertelstunde. Johannes brauchte sie nicht, und das Mittagessen schaffte sie dann noch gerade.

Auf dem Radweg an der Landstraße fuhren sie nebeneinander her. Paula hatte immer noch das Lied vom toten Hahn im Kopf, musste es wohl vor sich hin gesummt haben, denn plötzlich fiel Frau Kindler in das letzte „cocoda" ein. Sie lachten. Bestimmt sahen sie für Fremde wie Schwestern aus mit ihren roten Haaren.

Sie bogen mehrmals ab, kamen in ein winziges Sträßchen und wurden kurz darauf von der Niers gestoppt, die quer vor ihnen floss: dunkel, ziemlich schnell und gerade wie ein Kanal. Ein

Trampelpfad lief zwischen Gärten und Pappeln am Ufer entlang. Die Böschung zum Wasser war gelb von Scharbockskraut. Frau Kindler ging vor ihr her, hielt an einem Gartentor, öffnete es und lehnte ihr Rad an einen Apfelbaum, unter dem ein umgekipptes Ruderboot aus Kunststoff lag. Mit einer Handbewegung bot sie Paula einen anderen Baum für deren Fahrrad an. Der Garten wirkte verwildert. Auch hier wuchsen überall die gelben Sterne zwischen strohigen Grasbüscheln. Weiter oberhalb begann ein Plattenweg, auf dem sie zum Haus gingen. Links und rechts Rasen und Stauden. Vom Haus sah man den weißen Giebel und einen über die ganze Breite reichenden Glasbau mit dunklen Holzbalken. Aus dunklen Holzbalken war auch der Terrassenboden davor.

Als sie hinter Frau Kindler in den Wintergarten trat, war sie überwältigt von dem Sofa, das zwischen zwei Türöffnungen mitten vor der Wand stand. Es war mindestens viersitzig, hatte eine hohe, gerade Rückenlehne, dazu passende Seitenteile, und am auffälligsten war ein breites Streifenmuster in Weiß, Blau, Rot und Grün. Nie vorher hatte Paula ein so verrücktes Möbelstück gesehen. Aber es war nicht das Sofa allein. Auf der rechten Seitenlehne stand eine leer getrunkene Tasse mit Untertasse und ein Teller, auf dem ein angebissener Apfel lag. Die linke war unter Zeitungen begraben. Auf der Rückenlehne stapelten sich Bücher. Eine lässig hingeworfene blaue Decke dominierte die Sitzfläche.

Frau Kindler hängte ihre Jacken weg.

„Ich bin für ein paar Tage allein, da lebe ich fast nur hier, mit dem Blick auf Garten und Pappeln. Die sind übrigens rot, wenn sie ausschlagen. Man sieht es deutlich bei diesem Licht." Sie blickte zum Fluss. Paula nickte.

„Natürlich nicht so rot wie wir!" Frau Kindler sah sie an, ironisch, neugierig.

Paula musste lachen. „Die Pappeln sind außer Konkurrenz." Sie erwiderte den Blick der anderen, betrachtete dann aufmerksam deren Haare, die rot, kraus und wild bis auf die Schultern fielen.

„Ihre sind auffallender frisiert, aber sonst genauso wie meine."
Auch Frau Kindler fixierte Paula jetzt ungeniert. „Das Rot passt ausgezeichnet zu Ihren grünlichen Augen und der hellen Haut, sieht absolut echt aus."
„Das bedeutet, Ihre sind gefärbt?"
„Was haben Sie gedacht?" Sie lachte. „Bei Ihnen war ich mir allerdings nicht sicher."
Paula strich sich mit der Hand über den Kopf, bis sie die Spange fühlte. „Komisch", dachte sie laut, „seit ich sechs oder sieben war, mag ich meine Haare nicht, und Sie lassen sich freiwillig zum Rotfuchs machen."
„Füchsin, bitte. Was halten sie von einem Glas Wein? Ich finde, das müssen wir begießen." Paula nickte.
Und schon hatte sie ein Tischchen ans Sofa gezogen, das schmutzige Geschirr mitgenommen und kam bald darauf mit Rotwein, Gläsern und Salzstangen zurück. Paula hatte sich in eine Sofaecke gesetzt und das ringsum herrschende Chaos auf sich wirken lassen, fand es schrecklich, verrückt und irgendwie auch toll. Ihre Gastgeberin füllte zwei Gläser und setzte sich ihr gegenüber in einen Schaukelstuhl aus Rattan.
„Auf die Farbe Rot!" Sie hob ihr Glas. Paula lächelte ihr zu, stieß mit ihr an. "Sie sind ein wandelndes Kompliment", sagte sie, worauf Frau Kindler auf ihre unnachahmliche Art zurücklächelte. „Ich heiße übrigens Lena." „Paula." Als sie die Gläser auf das Tischchen zwischen sich stellten, kam Bewegung in die blaue Decke. Eine getigerte Katze schob sich darunter hervor, gähnte, machte sich lang und kam dann ganz selbstverständlich zu Paula hinüber, setzte sich wie eine Sphinx auf ihren Schoß und blickte an Lena vorbei nach draußen. „Das ist Mariechen", wurde sie vorgestellt. Paula strich vorsichtig über Kopf und Rücken. Die Antwort war Schnurren. „Wieso Mariechen?" „Sie saß letzten Herbst weinend im Garten, noch ganz klein." Mariechen legte sich nieder, blinzelte zu Paula hoch, schnurrte vor sich hin. Sonst war es ganz still. Paula

spürte die Wärme der Katze, hatte plötzlich einen Kloß im Hals, blickte auf das schwarz-grau gestreifte Fell, über das ihre Hände wanderten. Ein Wunderland, dachte sie, trank ihr Glas leer, sah auf die Uhr. „Schade, ich muss gehen. Was mache ich jetzt mit Mariechen?" „Die sollte mal raus und sich 'ne Maus fangen", lachte Lena. Zum Abschied strich Paula vorsichtig mit einem Finger vom millimeterkurzen Fell auf der Nase über die ganze rund gerollte Katze. „Tschüs, du", sagte sie und stand vorsichtig auf. Bei der ersten Bewegung war Mariechen auf dem Boden und verschwand im Haus.

"Danke, dass du da warst." Lena lächelte Paula an. Die nickte, nahm ihre Jacke. „Ich danke dir auch. Bis bald?"

Sie fuhr nach Hause, die Wärme der Katze noch in den Händen.

Schon immer hatte sie sich eine Katze gewünscht, als Kind der Mutter damit in den Ohren gelegen. Keine nur zum Mäusefangen, wie die in Vaters Fuhrunternehmen. Scheu, immer auf dem Sprung, kratzbereit und nicht länger als eine halbe Minute auf dem Arm zu tragen. Sie wollte eine, die mit ihr lebte, auf ihrem Schoß schlief, einen festen Platz in der Familie hatte, eine Tierschwester. „Ach Mama, bitte!" „Das ganze Ungeziefer, das die ins Haus schleppen! Du kriegst Flöhe davon, Würmer." „Ach Mama, bitte!" Irgendwann war dann jedes Mal das Argument gekommen, das sie zum Schweigen brachte und Mutter erlöste: „Du willst doch nicht, dass Johannes krank wird. Seine Bronchien!"

Johannes hatte allergisch auf das Pferd reagiert, keine Luft bekommen, wenn er mit ihm Kontakt hatte. Auch die Pferdedecke durfte nicht ins Haus, weil er dann nach kurzer Zeit zu husten anfing.

Paula fuhr vom Fahrradweg in die Dorfstraße. Johannes vertrug Pferde nicht, aber Katzen?

Als sie bei der Kneipe um die Ecke bog, sah sie den Kran vom Kirchenvorplatz fahren und erinnerte sich jetzt erst an den Hahn. Der

Turm wirkte verändert: Aus dem Symbol für Schuld und Tränen war ein fröhliches Tier geworden.

Paula hängte ihre Jacke in die Diele, die ihr leer und beinahe fremd vorkam. Sie rührte schnell Teig an, stellte die Pfanne mit Fett auf den Herd und wartete, bis es heiß wurde.

Was war das für eine Frau, in deren Welt sie für einen Augenblick geraten war?

Der Teig verlief im heißen Fett, brutzelte am Rand leicht hoch. Sie blieb vor dem Herd stehen.

Worauf hatte sie sich da eingelassen? Es passte überhaupt nicht zu ihr. Rotwein am Vormittag. Für Frau Kindler schien das ganz normal zu sein.

Paula drehte den Pfannekuchen um, wartete, bis auch die zweite Seite gebräunt war, und legte ihn dann auf einen Teller. Marmelade würde es dazu geben oder Tiefkühlspinat, der noch nicht ganz aufgetaut war und den sie umrührte, bevor sie neuen Teig in die Pfanne schüttete.

Andererseits war der Wein genau das Richtige gewesen. Sie hatten ein kleines Fest gefeiert, wunderbar fremdartig für Paula, von einer überraschenden Nähe. Sie dachte an Lenas Haare, die ein Kompliment für sie waren, lief schnell vor den Spiegel in der Diele, löste die Spange ein wenig, so dass das Haar lockerer wurde, und schloss sie erneut, sah sich aufmerksam an.

Zurück in der Küche nahm sie den fertigen Pfannekuchen aus der Pfanne und schüttete neuen Teig hinein.

Ein bisschen verrückt war Lena schon, auf jeden Fall ganz anders als Paula oder irgendeine Frau, die sie kannte. Aber arrogant war sie nicht.

Ob Johannes gemerkt hatte, dass sie mit Lena weggefahren war? Er musste jeden Moment kommen, dann sollte das Essen fertig sein, denn er brauchte seine Mittagspause. Am Nachmittag hatte er zwei Gesprächstermine, und vor der Abendmesse musste er Beichte hören. Zwar hatte er dann seine Ruhe, weil sowieso fast niemand kam, aber Paula wusste, dass er das Sitzen im Beichtstuhl hasste, was er natürlich niemals zugegeben hätte. Die Kälte zog in die Knochen, machte steif und schläfrig. Decken, die sie ihm mitgab, benutzte er nicht. „Das ist berufsbedingte Askese", sagte er und schien sich darüber zu freuen. Paula hatte vor Jahren, als er wieder mal an Bronchitis erkrankt war und sie sich denken konnte, dass er trotz des Fiebers in den Beichtstuhl gehen würde, dicke Schaumstoffkissen auf der Sitzbank festgetackert. Ein Geniestreich, auf den sie heute noch stolz war.

Als sie die Haustür hörte, lagen bereits drei Pfannekuchen auf dem Teller. Dieses schnell zubereitete Essen hatte den Vorteil, dass Johannes es besonders gern mochte, was er natürlich auch nicht zugeben würde. Aber er war dann meist gesprächiger als gewöhnlich. Das konnte sie gut gebrauchen, denn sie war durcheinander und unsicher, weil sie sich so bereitwillig hatte entführen lassen.

„Ich habe schon gerochen, was es gibt." Er kam in die Küche und wusch sich am Spülbecken die Hände, was er mit schuldbewusstem Lächeln begleitete, weil er wusste, dass Paula es nicht mochte. Aber die freute sich, dass er gut gelaunt war, und sagte nichts dazu, sondern legte den nächsten Pfannekuchen auf den Teller, stellte Erdbeermarmelade und Spinat vor ihn hin. Sie war froh, noch beschäftigt zu sein, schüttete den Rest Teig in die Pfanne. „Fang nur schon an, ich bin gleich fertig", forderte sie ihn auf. Johannes ließ es sich schmecken. Man hörte sein Besteck und das brutzelnde Fett.

"Ganz schön groß, so ein Kirchturmhahn aus der Nähe", sagte Paula, um etwas zu sagen, während sie auf den Teig hinunter sah. Johannes, der den Mund voll hatte, brauchte einen Moment, bevor er sprechen konnte. Ja, die Größe hatte ihn auch überrascht. Und wie schnell der Kran damit fertig geworden war, ganz ohne Komplikationen. Freundliche Arbeiter und schwindelfrei! Dass nur ein Messdiener früh genug gekommen war, um ihm bei der kleinen Zeremonie zu assistieren, fand er bedenklich. Natürlich verstand er, dass der Kran interessanter war, aber trotzdem... Sie sprachen noch eine Weile über die Kommunionkinder und den kommenden Weißen Sonntag. Eine Namensliste sollte in die Osterzeitung, die zum Fest umfangreicher ausfallen würde und an der Paula am Nachmittag arbeiten wollte. Morgen begann die Karwoche. Sie hatte den Korb mit Buchsbaum schon in die Sakristei gestellt. Die Gewänder für die Feiertage waren ebenfalls fertig.

Arbeit ist immer genug da gewesen. Paula trinkt, verzieht das Gesicht, weil der Rest Kaffee zu süß ist.

In der letzten Zeit hat sie allerdings manchmal am Sinn ihrer Arbeit gezweifelt. Hat sich gefragt, ob sie nicht hilft, Gott zu verdunkeln, wenn sie für den Rahmen der festgelegten Wiederholungen sorgt. Berühren die reibungslos ablaufenden Gebete die Menschen noch, erschüttern sie die Rituale? Was bedeutet es, dass die Kirchen immer leerer werden, obwohl Umfragen ergeben, dass die Menschen nicht aufgehört haben an Gott zu glauben? Wird er draußen gesucht, im normalen Leben gefunden? Irgendwie wäre das besser, weil er ja sowieso nicht in Kirchen und Tabernakeln eingefangen werden kann.

Paula schließt die Augen. Befindet sie sich mitten in einem notwendigen Prozess, an dessen Ende die Kirchen verkauft sein werden? Der Gedanke tut ihr weh, lässt sie die Augen wieder öffnen. Soll sie es nun gut oder schlecht finden, dass alles im Fluss ist, auch die Gottesvorstellungen?

Sie sieht in ihre Tasse, dreht sie leicht, so dass der Rest braune Flüssigkeit einen dunklen Ring am weißen Boden bildet, der zu einer Pfütze wird, wenn sie die Hand schräg hält. Kein Kaffeesatz, der Auskunft über die Zukunft geben könnte.

Egal, wie sie es findet, das Leben ist nun mal dynamisch.

Es weht sie nach Berlin, das Leben.

3

Paula hatte die Post sortiert und dabei hin und wieder aus dem Fenster geblickt, das die Kirche einrahmte, wie alle Fenster des Hauses auf der Straßenseite. Sie liebte die Ruhe, die von dem Bild ausging. Neuerdings hatte sie allerdings manchmal das Gefühl, als fehle etwas. Von der Bistumsleitung waren Statistikunterlagen gekommen, die sie später bearbeiten würde. Verschiedene Reklamesendungen von Verlagen überflog sie, warf die Umschläge weg und sammelte einige Angebote für Johannes. Seine private Post legte sie daneben. Dabei fiel ihr ein Umschlag auf, den sie sich an die Nase hielt. Wieder parfümiert und ohne Absender! Irgendwann würde auch diese Frau merken, dass Johannes nur freundlich war, mehr nicht. Sie umwarb ihn schon seit Wochen.

Paula verliebte sich nicht mehr in Priester oder Verheiratete seit ihrer Liebe zu einem Organisten vor vielen Jahren. Er war verheiratet gewesen, Vater von zwei Kindern, und liebte seine Familie. Dennoch hatte er sich in Paula verliebt. Und diese Liebe hatte wie ein Unglück auf ihm gelegen, wie ein schweres Schicksal. Paula dagegen fand, dass es eine glückliche Liebe war, schließlich war sie gegenseitig. Auch wenn sie unerfüllt bleiben musste, wollte sie damit leben. Trotz aller Umstände, die ihr keinen Raum ließen, trotz aller Vorschriften, an die sie sich halten mussten. Natürlich war ihr klar gewesen, dass sie auch unglücklich sein würde, todtraurig wahrscheinlich, verzweifelt vielleicht. Aber für eine Liebe lohnte sich das doch? Er sah das anders, war in eine weit entfernte Stadt gezogen. Sie hatte lange gebraucht, um sich davon zu erholen.

Vielleicht wäre das Unglück noch größer geworden, wenn sie sich nicht an die Vorschriften gehalten hätten? Oder kleiner? Manchmal stellte sie sich vor, ein Kind von ihm zu haben. Wie es wohl aussehen würde?

Entschlossen verscheuchte sie die Tagträume und wandte sich der restlichen Post zu. Zuerst die Telefonrechnung, die sie abheftete, dann ein Brief für sie. Die Schrift war ihr unbekannt, groß und gerade. Sie drehte ihn um und las den Absender: Lena Kindler. Ein Lächeln flog ihr ins Gesicht, während sie den Umschlag öffnete.

Es war eine Karte. Auf der einen Seite ein kleiner weißer Rand um eine wilde rote Fläche, die andere Seite beschrieben. Lena schlug ihr eine Radtour nach Kevelaer vor. Sie wollte Kevelaer kennen lernen, hielt Paula für eine gute Führerin. Was sie von Karfreitag halte? „Herzliche Grüße, Lena."

Sie drehte die Karte um und stellte fest, dass sie offensichtlich selbst gemacht war. Ein Aquarell, das sich aus verschiedenen Rottönen zusammensetzte, die in Wellen und Kreisen über- und untereinander wogten. Schön, dachte sie und fand es schade, dass ihr der Karfreitag nicht auskam. Der war für sie von der großen Trauerliturgie bestimmt. Aber vielleicht würde Lena am Karsamstag mit in den Wald fahren und wilde Kirschen schneiden, die für Paula zu Ostern gehörten, auch wenn es verboten war. Auf jeden Fall musste die Antwort heute noch raus. Sie legte die Karte mit der roten Seite nach oben vor sich hin und erledigte Telefongespräche, bis es Zeit für die Mittagspause war.

Nach dem Essen lief sie in ihr Zimmer und sah in der Truhe mit den Linolschnitten nach, ob etwas Geeignetes dabei war. Irgendwann hatte sie doch mal einen Hahn gemacht. Etwas struppig, fand sie, als sie ihn entdeckte, und viel zu trist in schwarz-weiß. Sie würde ihm bunte Bänder an die Schwanzfedern malen, wie das Original sie hatte.

Mit den Streifen aus Wasserfarben sah das Bild dann sehr verändert aus, ein bisschen verrückt, das gefiel ihr. Sie schrieb Lena, was sie am Samstag vorhatte, und lud sie dazu ein, schlug für die Fahrt nach Kevelaer einen neuen Termin vor, sagte auch, warum sie nicht konnte, was ihr schwer fiel. Als sie vom Briefkasten zurückkam, nagten Zweifel an ihr, die sowohl den Text als auch das Bild betrafen. Sie zeigte ihre Linolschnitte sonst niemandem. Einmal war sie von einer Arbeit derart begeistert gewesen, dass sie in ihrer Euphorie mit dem feuchten Druck zu Johannes gelaufen war. Aber der war so in Gedanken gewesen, dass sie das nicht wiederholt hatte. Woher kam es, dass sie zu Lena so offen war?

Am Samstagmorgen räumte Paula den Frühstückstisch ab, spülte das wenige Geschirr. Johannes hatte nur Saft getrunken, den Kaffee nicht angerührt, kein Brot gegessen. Er übertrieb wieder mal das vorgeschriebene Fasten am Tag vor Ostern.

In einer halben Stunde würde sie Lena abholen.

Draußen war die Welt voll feuchter Watte, die bei Berührung auslief. An den Straßenlaternen hingen Tropfen, aber Regen würde es nicht geben.

Lena wartete schon am Gartentor, als Paula an der Niers um die Ecke bog. Sie fuhren auf dem Trampelpfad am Fluss entlang und über die Brücke zum Wald.

"Wenn wir am Weiher vorbei sind, biegen wir nach rechts und fahren am Heiligenhäuschen in den Feldweg", beschrieb Paula, was sie vorhatte. „Am Waldrand stehen dann die wilden Kirschen."

„Ich lass' mich von dir führen", sagte Lena. An ihren Wimpern hingen Nebeltropfen.

Später saßen sie am Schlossgraben auf einer Bank. Lena hatte nicht nur Kirschzweige, sondern auch Schlehen abgeschnitten, die sich mit ihren langen Dornen ineinander verhakten. Die winzigen Blüten waren von der Nässe beinahe unsichtbar.

„Komisch", sagte sie, „ich musste erst nach Schweden fahren, um Schlehen kennen zu lernen. Hab' sie da mit Freunden geerntet und auf den bitteren Früchten rumgekaut, die fast nur aus Steinen bestehen. Aber der Saft ist köstlich. Seitdem entdeckte ich sie überall bei mir zu Hause, wo man übrigens Wein daraus macht. Und nun hab' ich zum ersten Mal die Blüten."

„Bizarr sehen sie aus, werden aber wohl nicht lange halten", sagte Paula.

„Macht nix, jetzt kenne ich sie vom Anfang bis zum Ende." Und nach einer Pause: „Wenn man all die Umwege zusammenzählt, die man so macht..."

„Ich musste erst ein Buch über Indien lesen, um herauszufinden, wie die Blumen heißen, die zwischen den Trümmern wuchsen, als ich Kind war. Ringelblumen. Ich habe sie in dem Roman sofort erkannt, am selben Tag noch Samen gekauft. Auf dem Tütchen waren sie dann abgebildet. Allerweltsblumen, deren Wiederfinden mir Herzklopfen machte. Auch komisch, nicht?"

Sie schwiegen eine Weile.

„Wo macht man Schlehenwein?" fragte Paula dann und sah Lena von der Seite an. Keine Tropfen mehr an den Wimpern. Ein Halbkreis aus Lachfalten unter der weit zur Schläfe schwingenden Augenbraue.

„In der Umgebung von Potsdam, alle möglichen Obstweine macht man in der Gegend."

„Sanssouci", schwärmte Paula.

„Wenn man da wohnt, kennt man die viele Kultur rundherum irgendwann."

„Und die Landschaft?"

„Nicht so melancholisch wie der Niederrhein und viel mehr Wasser. Die Niers ist dagegen ein Witz. Ich vermisse die Havel mit ihren Seen, das Boot fahren.

„Warum bist du hier hingezogen?"

„Mein Mann wollte nach der Wende sofort in den Westen. Er ist in die Firma eines alten Freundes eingestiegen."

Das übliche Muster, dachte Paula. Gehorsame Ehefrau folgt ihrem Gatten, wohin sie nicht will. Sie schwieg. Bis Lena sich zu ihr umdrehte: „Kannst mich ruhig weiter ausfragen. Ich sag' sowieso nur, was ich sagen will." Sie lachte Paula ins Gesicht. Die fühlte sich ertappt, sah spöttische braune Augen.

„Gehorsame Ehefrau?", fragte sie, während sie mit einer Röte kämpfte, die ihr ins Gesicht stieg, überrascht, dass sie so prompt auf Lenas Provokation hereingefallen war. Sie konnte sonst gut schweigen, wenn Reden von ihr erwartet wurde. Das war ihre Art zu provozieren.

„Ja und nein", antwortete Lena, deren Stimme auf einmal klein geworden war.

An den Rändern des Weihers, zu dem der Schlossgraben sich an dieser Stelle verbreitete, sah man das neue Schilf aus den grauen Blättern vom Vorjahr wachsen.

„Warum ist dir die Karfreitagsliturgie so wichtig?"

Paula beobachtete ein Entenpaar, das sich verhielt, wie das Kinderlied es vorschreibt.

„Es geht mir unter die Haut. Das Schweigen, das Niederwerfen, das Aufstehen und Hinknien. Es hat etwas Archaisches, erschüttert mich jedes Mal. Die Schrecken der Welt werden mit Gott zusammengebracht. Das finde ich tröstlich, wenn ich auch mit der Theologie dahinter immer weniger klar komme."

„Theologisch kenne ich mich nicht aus, aber Frömmigkeitsformen ziehen mich zunehmend an. Lieder, Kerzen, Weihwasser. Und Kirchen, ich liebe die Atmosphäre in leeren Kirchen, alten besonders."

„Darum Kevelaer?" Lena nickte.

„Versprich dir nicht zu viel davon. Übrigens gibt es jede Menge Kerzen heute Abend in der Osternachtfeier."

„Das passt zeitlich nicht." Und mit einem Blick zum Himmel, wo der Nebel sich in Helligkeit verwandelt hatte, hinter der die Sonne zu ahnen war: „Was meinst du, wie lange die Sonne noch braucht?"

Sie sahen zu, wie Schleier sich vor der Sonne bewegten und dabei hauchdünne Stellen entstanden, hinter denen eine weiße Scheibe zu wandern schien.

Dann war für einen Moment die Sonne ohne Filter zu sehen, bevor sie erneut hinter Nebelfetzen verschwand.

„Schade, dass ich so was nicht malen kann." Lena legte die Schlehenzweige vorsichtig in den Fahrradkorb, schob das Rad an.

„Machst du oft Aquarelle?"

„Immer wieder. Die meisten verschenke ich. Wie ist es mit deinen Linolschnitten?"

„Mit der Zeit hat sich so einiges angesammelt."

„Zeigst du sie mir mal?"

„Erst du. Ich bin das nicht gewöhnt."

Die Rückfahrt ging viel schneller. Da war schon die Brücke, an der sie sich diesmal trennten. Paula fuhr geradeaus, Lena an der Niers entlang. Sie reichten sich beim Fahren die Hände zum Abschied.

„War schön." - „Bis nächste Woche." – „Frohe Ostern."

Paula wollte nicht gleich nach Hause, sie hatte noch Zeit. Am Karsamstag gab es kein Mittagessen. Wer das Fasten nicht aushielt, konnte sich ein Brot schmieren oder einen Teller Suppe warm machen. Johannes würde sich den ganzen Tag in der Kirche aufhalten, Vorbereitungen für den Abend treffen, Beichte hören. Der Kirchenraum war kahl und sah kalt aus mit dem weit offen stehenden leeren Tabernakel und ohne Blumen. Totenwache nannte Johannes es. Paula würde vor der Osternachtfeier den Altar schmücken. Weiße Rispen mit ein wenig frischem Grün dazwischen. Alles stand schon in der Sakristei.

Sie fuhr quer durchs Dorf auf eine Landstraße mit Radweg. Wohin die führte, war ganz egal. Hauptsache, sie konnte ungestört in ihrem eigenen Tempo fahren. Wie immer entfernte sie sich schnell und gleichmäßig, genoss den Wind, nahm sonst kaum etwas wahr. Bis sie irgendwann feststellte, wo sie war, und umdrehte. Die Rückfahrt war schon etwas langsamer, die Gedanken kamen wieder. Ohne sich umzudrehen griff sie nach hinten und befühlte vorsichtig die Blätter und Blüten, die weit über den Gepäckträger hinaus ragten. Wurde Zeit, dass die Kirschzweige ins Wasser kamen.

Sie dachte an Lena und es überfiel sie ein kleiner, unvernünftiger Schrecken, eine Hoffnung. Ob sie ihre Freundin werden konnte? Obwohl sie schon so alt waren? Sie hatte nie eine Freundin gehabt. Als sie Kind war, hatte zu Hause ängstliches Schweigen geherrscht. Die Eltern waren Nazigegner, der Vater hatte deshalb mit der Familie aus Bonn fliehen müssen. Er war gerade noch rechtzeitig gewarnt worden, kam am Niederrhein bei Verwandten unter, die ein Fuhrunternehmen hatten, das er später kaufte.

Als dann Krieg war, lernte Paula vorsichtig zu sein und ebenfalls zu schweigen. Sie machte sich ihre eigenen Gedanken. So, wenn die Fenster verhängt wurden, sobald es anfing dunkel zu werden. Jeden Abend sah sie bei der Verdunklung zu, die in den unteren Räumen aus schwarzen Papierrollen bestand, umständlich an den Seiten festgemacht. Sie fragte nicht, warum es so wichtig war, dass kein Lichtschein nach draußen fiel. Mutter überhörte ihre Fragen sowieso, Vater machte Witze, und Johannes fand, dass kleine Mädchen nicht so neugierig sein sollten. Also stellte sie sich vor, dass abends ein Soldat ums Haus ging und sofort schoss, wenn er einen Lichtschein sah. Sobald es zu dämmern begann, bekam sie Bauchschmerzen. In den Räumen bewegte sie sich so, dass hinter ihr möglichst feste Wände waren.

Wenn sie mit dem Vater auf dem Fuhrwerk zum Bauern fahren durfte, wo es Weißbrot und Schinken gab, wurde sie nach dem Essen in den Stall geschickt, um die Tiere anzusehen. Wenn sie wieder ins Zimmer kam, verstummten die Gespräche. Auch zu Hause war das so. Da musste sie einkaufen, wenn Verwandte zu Besuch kamen.

Sie wusste, dass sie nichts wissen sollte. Dass sie nichts erzählen sollte. Dass sie niemanden mitbringen sollte. Alles war gefährlich. Der Rektor war ein Erznazi, der Lehrer ein Nazi, die Eltern der Mitschüler? Besser vermied man Kontakte.

Diese Lektion hatte sie gelernt. Auch als Krankenschwester im Krankenhaus des Ortes behielt sie Distanz. Für kurze Zeit wurde

Robert damals die wichtigste Person in ihrem Leben. Mit Robert hatte etwas Neues begonnen, das jedoch bald wieder zu Ende gegangen war.

Und hier? Sie hatte bei der Gemeindearbeit viele Frauen kennen gelernt. Es war ihr nicht gelungen, einer so nahe zu kommen, dass Funken entstanden wären, die den dicken Pelz aus freundlicher Konvention mehr als angesengt hätten.

Lena? Vielleicht. Oder doch eher unwahrscheinlich?

4

Ostern war so schön wie immer. Sie liebte die dunkle Kirche, die sich allmählich mit Lichtern füllte. Liebte das laute Singen, das Osterfeuer vor dem Friedhof, an dem sich viele nach dem Gottesdienst versammelten, wie es im Ort Brauch war. Sie ging so nahe heran, bis die Hitze ihr den Atem verschlug, aß mindestens vier hart gekochte Eier, genoss den Rotwein und gab vielen, auch Johannes, die Hand: „Fröhliche Ostern!". Und weil sie einen Schwips hatte, hängte sie ein gekichertes „Brüderchen" an. „Frohe Ostern", antwortete Johannes ernst, der mit einer beschwipsten Schwester nicht umgehen konnte.

Am liebsten hätte sie auf der Stelle Lena angerufen und ihr ebenfalls frohe Ostern gewünscht. Vielleicht hatte die auch einen Schwips, und sie hätten zusammen kichern können. Aber das tat sie nicht.

Auch am Dienstagmorgen erlaubte sie sich keinen Anruf bei ihr, bekämpfte den Impuls, der mehrmals bei der Büroarbeit in ihr aufstieg.

Lena hatte solche Skrupel offenbar nicht. Kurz vor Mittag war sie am Telefon. „Kannst du heute kommen, mich in meiner Einsamkeit trösten?"

Ihre Stimme klang komisch. „Geht es dir nicht gut?"

„Bin vollkommen gesund, aber alle sind weg."

„Ich dachte, du bist gern allein."

„Mal so, mal so", sagte sie mit dieser Stimme.

Verheult? fragte sich Paula. „Ich kann gegen fünf, so zwei Stündchen."

Das „Bis dann!" sagten sie gleichzeitig. Paula hörte Lena lachen, als sie auflegte.

Diesmal stellte sie ihr Rad am Vordereingang ab. Die Frau, die auf ihr Klingeln öffnete, sah fremd aus in dem schwarzen Hausanzug, den Hüttenschuhen und einem bunten Tuch um den Kopf. Paula forschte unwillkürlich in ihrem Gesicht: Ironische Augen, das typische Lächeln?

„Normalerweise empfange ich Gäste nicht in diesem Aufzug, aber für dich fand ich es irgendwie passend. Weiß auch nicht. Laufe den ganzen Tag schon so herum."

Sie gaben sich die Hand. „Ich fasse es als Kompliment auf", sagte Paula und erntete ein Kopfnicken, das beinah schüchtern wirkte.

Sie gingen durch die Küche, die Diele und Wintergarten verband. Lena nahm Tee und Kekse mit. Auf dem Tisch zwischen den Korbsesseln, links der Tür, brannte schon ein Stövchen. Paula setzte sich so, dass sie in den Garten sehen konnte, und legte die Beine in einen Sessel, den Lena ihr vor die Füße schob. Sie goss Tee ein und setzte sich ihr schräg gegenüber, ebenfalls die Beine hochgelegt. Gemütlich, dachte Paula und rührte Kandis in den Tee. „Wer sind ‚alle' und seit wann sind alle weg?"

„Ich hasse Abschiede", sagte Lena und kaute auf einem Keks, nahm einen zweiten.

Paula ließ sie in Ruhe.

„Dass sie am Abend gefahren sind, kommt noch dazu. Mein Mann fährt am liebsten nachts. Ich hasse es. Weil ich dann nicht schlafen kann und stattdessen esse. Ich sitze am Arsch der Welt vor der Glotze und esse lauter süßes Zeug."

„Er hat durchaus schöne Seiten."

„Ich weiß schon, weshalb ich dich eingeladen hab'."

Und dann erzählte Lena. Von ihren Töchtern, die ihr Mann nach Berlin brachte, bevor er nach Potsdam fuhr. Zwei Töchter hatte sie, „wunderbar und schrecklich." Die ältere studierte Musiktherapie, spielte Querflöte. "Sie ziert sich niemals, egal, wer da ist. Du bittest sie, etwas zu spielen und sie steht lächelnd auf, holt ihre Flöte. Wunderbar. Aber es macht mich wahnsinnig, dass sie oft so schweigsam ist. Spricht einfach nicht. Wenn man sie fragt, antwortet sie bereitwillig, aber sie spricht nicht von sich aus." Pause. „Kann ich schlecht mit umgehen." Pause. „Sie arbeitet gern mit

Wachkomapatienten. Verstehst du das?" Lange Pause. „Irgendwie bewundere ich sie."

„Wem gleicht sie?", fragte Paula, „deinem Mann?"

„Oh, nein, auf den kommt die zweite, sportbesessen."

Lena war aufgestanden. „Moment", sagte sie und verschwand, kam mit Fotos zurück. „Damit du dir ein Bild machen kannst."

Sie schob einen anderen Sessel dicht an Paulas heran, setzte sich im Schneidersitz hinein, legte die Fotos in ihren Schoß und suchte.

„Das ist sie", sagte sie dann und hielt Paula ein Foto hin. „Ich finde, äußerlich gleicht sie mir."

Paula blickte auf die lachende junge Frau mit glatten dunklen Haaren und fand Lena nicht darin. Sie sah zu ihr hinüber, schüttelte den Kopf. Lena wirkte enttäuscht, reichte Paula aber sofort ein anderes Foto. „Das ist die Kleine", sagte sie lächelnd. „Das absolute Gegenteil. Redet ununterbrochen. Ich weiß nicht, was anstrengender ist."

Paula sah ein superschlankes Mädchen mit hellen Haaren und hellen Augen.

„Studiert Sportmedizin. Läuft Marathon wie mein Mann. Berlin, Frankfurt, Wien, jetzt, wo die Mauer weg ist. Am liebsten würden sie zusammen nach New York fliegen und da mitlaufen. Dabei sind vierzig Kilometer doch vierzig Kilometer, egal, wo man die läuft! Aber ich kann natürlich nicht mitreden, unsportlich wie ich bin. Obendrein tut mir das Geld leid. Es ist kaum noch was übrig geblieben vom Verkauf des Hauses."

Sie sortierte die Bilder in ihrem Schoß, fand kein Foto des Hauses. „Zeige ich dir ein andermal. Mehrstöckig, Jugendstil, nahe der Glienicker Brücke." Sie begann zu schwärmen. „Große, hohe Räume, Stuckdecken, Kamin. Und die Lage erst! Der Garten reicht an die Havel. Man sieht auf den Babelsberger Park. Zum Glück haben wir das Boot behalten. Es hat Bleiberecht am Steg, bis es absäuft."

Wieder machte sie eine lange Pause. „Man hätte in die Hausrenovierung mehr Geld stecken müssen, als das Ganze hier gekostet hat."

„Ich glaube, du hast Heimweh. Warum bist du nicht mitgefahren?"

„Ich wäre eben nur mitgefahren, das mag ich nicht. Freunde, die ich besuchen möchte, sind augenblicklich verreist. Und eigentlich bin ich ja auch gern allein, sogar hier." Sie lachte zu Paula hinüber, schüttete aus einer Tüte Plätzchen nach, stellte den Teller demonstrativ vor Paula hin und nahm sich gleich mehrere. Kaute und schwieg und sagte dann langsam: "Zwei, drei Tage hätten sie noch bleiben können."

Sie tranken Tee und sahen zu, wie es dunkel wurde.

„Ich habe im Winter ziemlich zugenommen", sagte Lena. „Warum bist du eigentlich so schlank?"

Paula sah auf die Uhr. „Das sage ich dir ein andermal."

„Könntest du nicht wiederkommen?", fragte Lena.

Paula hatte das Gefühl rot zu werden und sagte erst mal gar nichts. Stand auf, sah hinaus, wo wegen der Dunkelheit nichts mehr zu sehen war. Stattdessen hockte Lena wie ein Buddha in der spiegelnden Scheibe. Das Stövchen sandte Lichter aus, ein Leuchtturm. Sie hieß Alice und war im Wunderland.

„Meinst du das ernst?"

Sie konnte in einer guten Stunde wieder hier sein. Länger brauchten Johannes und sie nicht fürs Abendessen. Vielleicht war es gar nicht so verrückt, wie es ihr vorkam?

„Sicher", sagte Lena.

„Dann bis später!"

„Iss nicht so viel bei dir zu Hause. Wir machen uns was Leckeres, wenn du wieder da bist. Hast du Nüsse?"

Paula hatte Haselnüsse, die sie mitbringen würde. Unterwegs pfiff sie, lachte, wunderte sich, dass sie noch pfeifen konnte und was ihr Unterbewusstsein da alles ausgrub.

Sollte sie Johannes sagen, dass sie nach dem Essen zu Frau Kindler ging und nicht wusste, wann sie wiederkam?

Sie saßen sich am Küchentisch gegenüber, Johannes hatte eine Gräte in der geräucherten Makrele gefunden und legte sie auf den Tellerrand. Er bestrich eine Scheibe Brot dünn mit Sahnemeerrettich, biss hinein, nahm mit der Gabel ein Stück Fisch.

„Was macht dein Vortrag über die Auferstehung?" Sie wollte ihn zum Sprechen bringen.

Er nickte. „Anschließend soll noch Diskussion sein. Mal sehen."

Sie sah auf seine sommersprossige Tonsur.

„Wird's spät?"

„Wahrscheinlich."

Es wäre leicht gewesen zu sagen, dass es bei ihr möglicherweise auch spät würde, aber sie tat es nicht. Schweigend beendeten sie ihr Abendbrot.

Kurz darauf wurde Johannes abgeholt.

Sie brachte die Küche in Ordnung, nahm die Nüsse aus dem Schrank, zog die Jacke an und blieb dann unschlüssig stehen. Was war, wenn er vor ihr zu Hause war und sich Sorgen machte? Sie ging zurück und schrieb auf die Rückseite eines leeren Briefumschlags: „Kann spät werden. Gute Nacht! Paula."

Die Luft war mild, der Himmel voller Sterne. Lena wollte, dass sie wiederkam!

Die Klingel hörte sich vertraut an. Lenas Lächeln kannte sie seit hundert Jahren.

Sie hatte sich karamelisierte Äpfel mit Eis und Nüssen ausgedacht. „Und Sahne natürlich!", schüttete die Nüsse auf ein Backblech und schob es in den Ofen, damit die Haut absprang und der Geschmack intensiver wurde.

Während Lena mit Puderzucker, Apfelsaft und Sahne hantierte, schälte Paula zwei dicke Äpfel und schnitt sie in Scheiben. Als die Äpfel in der braunen Zuckersoße vor sich hin köchelten, gingen sie in den Wintergarten, wo Lena einen kleinen Tisch vor das Supersofa schob und Paula Kissen zuwarf, die sie auf den Seitenlehnen verteilen sollte. „Wir machen es uns so richtig gemütlich", kündigte sie an. In der Mitte lag die blaue Decke.

„Wo ist eigentlich Mariechen?", fragte Paula. „Ich hab sie ganz vergessen."

„Scheint sich noch draußen rumzutreiben. Kommt bestimmt gleich durch den Keller. Da kann sie immer rein."

Zurück in der Küche, sah Paula zu, wie Lena Vanilleeis in zwei Suppenteller füllte. Als sie die Äpfel mit der braunen Soße auf dem Eis verteilt hatte, reichte sie Paula die Sahne. „Einen ordentlichen Schlag! Ich mach noch schnell die Nüsse klein."

Wenig später saßen sie sich auf dem Sofa gegenüber, die hochgelegten Beine unter der blauen Decke. Jede hatte ihren Teller auf dem Bauch.

„Schlaraffenland", fand Paula, und füllte den ersten Löffel, steckte ihn in den Mund, verdrehte die Augen. Verstand nicht, dass sie diese für sie verrückte Situation so selbstverständlich genießen konnte.

„So, und jetzt, passend dazu, dein Schlankheitsrezept!"

„Der erste Teil ist schnell erzählt und schrecklich simpel: So was Tolles koche ich nicht."

„Der zweite Teil?"

„Ich fahre täglich ungefähr zwanzig Kilometer mit dem Rad."

Erstaunen bei ihrem Gegenüber, Aufforderung im Blick.

„Das ist eine längere Geschichte und etwas kompliziert."

„Ich möchte sie gern hören. Wir haben ja Zeit." Lena sah sie forschend an, nahm einen Keks vom Tisch, tauchte ihn in die Sahne.

Paula sah ihr zu und verteidigte die Gegenwart. „Erst will ich dem Tellerinhalt die gebührende Beachtung schenken." Sie kaute auf Nüssen, die sie im Mund gesammelt hatte. „Es sind zwei Geschichten, die zusammengehören."

„Hm", nickte Lena.

„Wahrscheinlich schläfst du dabei ein, wo du doch letzte Nacht nicht geschlafen hast."

„Ich bin ganz wild auf deine Geschichten. Keine Chance mehr davonzukommen."

Sie aßen schweigend.

Mit dem Tod des Vaters hatte es angefangen, mit ihrer Verzweiflung darüber, dass er einfach weggegangen war, wo sie doch zusammengehörten.

Das Pferd hatte ihn nach Hause gebracht, zwei Tage, nachdem Johannes das Pfeilspiel geschenkt bekommen und sie auf den Schultern des Vaters ihren Triumph gefeiert hatte. Er lag tot auf dem Kutschbock. Mutter war aufgefallen, dass der Braune so lange mit gesenktem Kopf im Geschirr stand, mitten im Hof.

Paula erinnerte sich kaum noch an die Tage bis zur Beerdigung, auch nicht an den Friedhof.

Sie war an seinem Todestag später als gewöhnlich nach Hause gekommen, weil die Klasse einen Ausflug gemacht hatte. Da war der Schock bereits zu einem Schweigen geworden, das kalt in allen Räumen lag.

Mutter hatte in der Diele gestanden, als sie nach Hause kam, weiß im Gesicht und ohne Tränen. Auch Paula weinte nicht, als sie es erfuhr. Sie ging auch nicht zuerst zum Vater, der aufgebahrt im Raum zwischen Küche und Wohnzimmer lag, sondern zum Pferd, das im Stall stand und sie ansah, als verstünde es alles. Sie setzte sich aufs Fuhrwerk neben die zusammengefaltete Decke, die da lag wie immer. Nach einer Weile hatte sie aus dem Zimmer des Bruders die Pfeile für die Zielscheibe an der Schuppentür geholt. Unbemerkt war sie wieder in den Hof gekommen, hatte sich in Positur gestellt und geworfen. Die Pfeile eingesammelt, geworfen. Wieder und wieder. Wohin sie traf, war ihr egal. Es ging nicht um Treffen oder Nichttreffen, es ging um seinen Bart an ihren Knien, und darum, dass er sie ohne Vorwarnung im Stich gelassen hatte. Irgendwann hatte Onkel Toni seine Hand auf ihre Schulter gelegt und ihr ein Taschentuch gegeben. Sie hatte die Tränen abgewischt, sich die Nase geputzt und war mit ihm ins Haus gegangen.

Von nun an hatte sie täglich die Eisenspitzen in das gedrehte Stroh geworfen, bis sie verschwitzt und verheult auf ihr Zimmer rannte. Die Pfeile hatte sie jedes Mal mitgenommen. Johannes interessierte sich nicht für sein Geschenk. Sie dagegen brauchte es.

Mariechen holte Paula aus der Vergangenheit zurück, sprang einfach auf die Decke. Lena hielt ihren Teller hoch. Als die Katze an dieser Seite nichts bekam, versuchte sie es bei Paula, die ihr hingerissen die Sahne- und Eisreste hinhielt. Schnurrend leckte Mariechen den Teller leer, während Paula sie streichelte. Als sie hochblickte, sah sie, dass Lena ihren Teller selbst ableckte. Lena bemerkte Paulas Blick und grinste.

„Was Mariechen kann, kann ich auch! Katzen vertragen übrigens keine Milchprodukte."

„Bist du jetzt kulturlos oder egoistisch, oder beides?"

„Ich freu mich, dass es uns gut geht, mir geht es jedenfalls viel besser als heute morgen. Du bist mein Lichtblick hier."

Sie brachte die Teller in die Küche und kam mit Rotwein und Gläsern zurück. Setzte sich wie vorher mit dem Rücken gegen die Seitenlehne, schlug die Decke wieder über die Beine. Das Sofa war so breit, dass sie sich nicht mal an den Füßen berührten. Mariechen hatte sich in einer Deckenmulde zusammen gerollt.

Paula sah zu, wie Lena die Gläser füllte, fragte sich, wieso sie einer fremden Frau das alles erzählen sollte, sah Lena an, die lächelnd ihr Glas hob, und begann mit dem Geburtstag, ihrem überraschenden Sieg, dem Triumphzug auf den Schultern des Vaters. Sie sprach von seinem Tod und ihrem exzessiven Pfeile werfen. Lena hörte aufmerksam zu, stellte hin und wieder eine Frage. Und Paula wusste, dass es gut war. Nicht wie bei früheren Sprechversuchen mit Mutter oder Bruder, bei denen sie am liebsten nach dem ersten Satz schon wieder geschwiegen hätte, peinlich berührt vom Unverständnis ihres Gegenübers.

Es entstand eine Pause, in der Paula plötzlich nicht mehr weiter wusste.

„Das Fahrradfahren?", erinnerte Lena sie an den eigentlichen Grund ihres Erzählens.

Und da steht sie wieder im Hof, die Pfeile in der Hand, an einem trüben Julitag, zwei Wochen nach dem Tod des Vaters. Die Scheibe ist weg. Sie öffnet die Schuppentür, sucht und findet sie nicht. In der Küche trifft sie die Mutter. „Weißt du, wo die Zielscheibe ist?" Schon der Tonfall hätte die Mutter aufmerksam machen müssen. Stattdessen sagt sie „Ja" und arbeitet weiter. Paula sieht ihre Hände ruhig mit dem Spültuch den Tisch abwischen und schreit beinahe. "Wo?" Zurechtweisung im Blick sagt die Mutter: „Es ist Johannes' Scheibe. Ich hab' sie weggetan." Sie rennt zu ihrem Bruder, der von nichts weiß. Uninteressiert erlaubt er ihr, damit zu spielen, soviel sie will. Sie ist schon wieder bei der Mutter, sagt ihr, dass Johannes es ihr erlaubt hat. „Gib sie mir wieder, bitte! Gib sie mir wieder!" Fordernd steht Paula vor der Mutter, plötzlich keine brave Tochter mehr. Auch jetzt versteht die Mutter nicht. „Schrei mich nicht an", sagt sie, „du bist ein Mädchen. Ich will nicht, dass du so verrückt damit spielst. Jeden Tag. Das ist nicht normal." - „Ich will es aber!" - „Du hast nichts zu wollen!" - „Ich muss es aber!" - „Was soll das? Sei nicht albern. Die Scheibe bleibt weg."

Paula bricht in Tränen aus, die Mutter lässt sich nicht erweichen. Da fängt sie an zu suchen. Im Bewusstsein ihres Ungehorsams sucht sie im Stall, im Schuppen, im Keller und auf dem Speicher. Sie findet die Scheibe nicht. Nie in ihrem Leben hat sie sich so allein gefühlt. Im Schuppen stehen die beiden Fahrräder. Eins gehört der Mutter, eins dem Vater. Sie nimmt das vom Vater und fährt los. Mit ihren neun Jahren ist sie noch nicht groß genug, über der Stange zu fahren. So muss sie das rechte Bein darunter schieben. Sie fährt die Straße hinunter, auf einen Feldweg, von dort auf eine Landstraße. Der Fahrtwind trocknet ihr Gesicht. Langsam beruhigt sie sich. Sie denkt an nichts, fährt an Häusern vorbei, durch ein Wäldchen. Irgendwann stellt sie fest, dass sie die Gegend nicht mehr kennt, steigt ab, ruht sich aus.

„Was sollte ich machen?" sagte sie zu Lena, als sie mit ihrer Geschichte so weit gekommen war. „Ich fuhr wieder nach Hause, kam im Dunkeln an."

„Und deine Mutter?"

„Sie stand in der Tür"

„Und?"

„Brachte mich ins Bett. Ich muss vollkommen fertig gewesen sein."

Sie schwiegen eine Weile, dann sagte Paula: „Wahrscheinlich war sie genauso fertig."

Lena nickte. „Habt ihr darüber sprechen können?"

„Nein."

„Und von da an bist du jeden Tag Fahrrad gefahren?"

Jeden Tag. Entweder mit dem von Mutter oder Vater, das nun Johannes gehörte, oder ich lieh mir eins bei Nachbarn. Am Anfang fragte ich immer. Mit der Zeit wusste ich, wann ich bei wem relativ problemlos ein Fahrrad nehmen, fahren und es unbemerkt wieder hinstellen konnte. Wenn es nötig gewesen wäre, hätte ich dafür gelogen und gestohlen. Aber niemand fragte oder wunderte sich.

Von meinem ersten selbst verdienten Geld habe ich mir dann endlich ein eigenes Fahrrad gekauft.

Lena goss die Gläser wieder voll, hob ihres. Paula stieß mit ihr an. Sie spürte inzwischen die Wirkung des Weins. Alles war leicht. Und erzählte von der Zielscheibe hinter dem Kellerregal, die sie erst nach dem Tod der Mutter wieder gefunden hatte und mit der sie sich hin und wieder zwischen Weinflaschen und Eingemachtem vergnügte. Lena wollte unbedingt mal dazu eingeladen werden. Sie lachten viel. Bis Paula fand, sie müsse nun wirklich nach Hause. Auf dem Weg zur Haustür fiel ihr Johannes ein, der sicher längst von seinem Vortrag über die Auferstehung zurück war. Sie zog die Jacke an und sagte leichthin: „Manchmal stehen wir auf", hielt den Atem an. Es war der Anfang eines Gedichts von Marie-Luise Kaschnitz. „Stehen wir zur Auferstehung auf", hörte sie Lena sagen. Sie kannte es!

„Mitten in der Nacht". Das war nicht richtig zitiert. Es hieß ‚am Tage'. Aber jetzt war Nacht, und darum musste es so heißen.

Sie blickte zu Lena hinüber, die am Türpfosten zur Küche lehnte und aufmerksam zu ihr hin sah. „Mit unsrem lebendigen Haar", sagte sie. Und Paula: „Mit unserer atmenden Haut."

Sonst gab es nichts zu sagen. Sie umarmten sich. Auf dem Fahrrad drehte Paula sich um und winkte. Lena stand in der Tür und winkte zurück.

Als Paula zu Hause ankam, war sie so müde, dass sie ihr Fahrrad nicht mehr zum Schuppen auf den Friedhof brachte, sondern einfach an die Hauswand lehnte. Morgen war auch noch ein Tag. Beim Öffnen der Tür stellte sie fest, dass Johannes das Haus bereits für die Nacht fertig gemacht hatte. Es war dreimal abgeschlossen und überall dunkel. Er hatte nicht bemerkt, dass sie nicht da war. Ein eigenartiges Gefühl. Sie machte Licht, sah den Briefumschlag mit ihrer Nachricht noch auf dem Küchentisch liegen und warf ihn in den Abfall.

Am nächsten Morgen wachte sie auf und fand sich nicht gleich zurecht. Traumfetzen waren in ihr, die sich entzogen, wenn sie versuchte sie festzuhalten oder miteinander zu verbinden. Nach mehreren Versuchen gab sie das Träume flicken auf und lag eine Weile mit dem unbestimmten Gefühl da, dass irgendetwas anders war als sonst.

Bis sie sich mit einem Ruck hinsetzte. Der Abend bei Lena war wieder da und mit ihm ein Gewirr von Empfindungen, aus denen sich langsam und ungläubig die Erkenntnis hervorwagte, dass sie eine Freundin hatte.

Es war Frühling im Jahr 1991, sie war 54 Jahre alt, 1,69 groß, hatte einen leichten Rundrücken, der sich mit zunehmendem Alter stärker ausprägen würde, wenn sie nichts dagegen unternahm und seit gestern Abend war Lena ihre Freundin. Haarfarbe und -beschaffenheit teilten sie miteinander und die ersten Verse des Kaschnitz-Gedichts ebenfalls.

Als sie nach den morgendlichen Routinearbeiten im Büro saß, den Kopf in die Hände gestützt, Kastanien und Kirche im Blick, entschied sie sich, heute bei Lena anzurufen. Freundinnen kann man jederzeit anrufen. Sie sah auf die Uhr. Allerdings musste man sie nicht aus dem Bett klingeln. Bis zehn würde sie warten.

Die Zeit kroch. Ob für Lena der gestrige Abend auch so wichtig war wie für sie? Keinem Menschen hatte sie bisher erzählt, woher die Macke mit dem Fahrradfahren kam.

Paula nahm sich die Unterlagen für das Pfingsttreffen der Jugendlichen in Kevelaer vor. Da musste noch so einiges organisiert werden.

Das Telefon klingelte, Hilda war am Apparat. Hilda war eins der diesjährigen Kommunionkinder. Zwischen ihnen hatte sich in den Vorbereitungsstunden eine freundliche Nähe entwickelt. „Die Oma ist gefallen und sagt nichts mehr, sonst ist niemand da. Was soll ich machen?"

„Ich rufe den Krankenwagen an und bin in fünf Minuten da. O-kay?" - „Ja." Sie hörte der Stimme Erleichterung an, telefonierte mit dem Notarzt, freute sich, dass das Fahrrad noch an der Hauswand lehnte. Als sie zu Hildas Wohnung kam, war der Krankenwagen bereits da. Die alte Frau war bei Bewusstsein, fragte Paula, ob sie sich um Hilda kümmern könne, bis ihre Tochter vom Einkaufen zurück sei? Es dauere bestimmt nicht mehr lange. Das Mädchen hatte Fieber, darum war es nicht in der Schule. Ein glücklicher Zufall. Paula sah Hilda an, dass sie stolz war, alles richtig gemacht zu haben. Ernst und konzentriert wärmte sie Milch, rührte Kakaopulver hinein und füllte zwei Tassen. Sie saßen am Küchentisch, tranken und unterhielten sich.

Gegen elf war Paula wieder im Büro und griff sofort zum Telefon. „Hallo!", sagte sie, und spürte, wie ihr Puls sich beschleunigte.

„Paula."

„Schön, dass du anrufst, Morgen!" kam vom anderen Ende.

„Ich möchte mich bedanken für gestern Abend."

„Ganz meinerseits."

Klang da Spott mit, oder täuschte sie sich? Spott war das letzte, was sie jetzt ertrug.

„Es ist mir ganz ernst. Ich danke dir für vieles, am meisten dafür, dass du dich für meine Geschichten interessiert hast."

Auf Lenas Seite entstand eine Pause. „Es ist mir auch ernst", sagte sie. Ihre Stimme war ruhig und warm, ermutigte Paula.

„Du hast ja wahrscheinlich viele Freundinnen", Paula hielt einen Moment inne. Als Lena nichts sagte, fuhr sie fort: „Ich nicht. Ich hatte noch nie eine."

Wieder war Stille zwischen ihnen, diesmal etwas mehr, bis Lena sagte: „Ich freunde mich leicht mit Männern an, und mit Ehepaaren sind wir befreundet, mein Mann und ich. Eine richtige Freundin hatte ich auch nicht, seit ich Kind war."

„Irgendwie richtig schön", sagte Paula gedehnt, worauf Lena kurz auflachte und sagte: „Ich muss gerade an meine Jüngste denken. Die sagt in solchen Situationen superaffentittengeil!"

Paula war irritiert. „Versteh´ ich nicht."

„Kannst du auch nicht. Sie hat einen Professor, der von der Subkultur der Jugend begeistert ist, vor allem von deren Sprachschöpfungen. Er hat sich in einer Vorlesung dieses Wort auf der Zunge zergehen lassen, woraufhin Kerstin uns bei positiven Überraschungen hin und wieder damit zu schockieren versucht."

Als Paula nicht darauf reagierte, sagte Lena schnell: „Ich finde es auch schön, dass wir uns begegnet sind. Und danke dir besonders für dein Vertrauen gestern."

„Das muss Teamarbeit gewesen sein", fand Paula.

Sie erzählten sich, was ihnen gerade einfiel. Paula von dem Zwischenfall mit Hilda, Lena von einem Zeitungsbericht über die Kunstsammlung Nordrhein-Westfalen in Düsseldorf. Dann klingelte bei Paula die Haustür, und sie verabschiedeten sich schnell.

Bis sie zusammen nach Kevelaer fuhren, hatten sie täglich miteinander telefoniert, mal kürzer, mal länger, wie es sich gerade ergeben hatte.

So wusste Paula inzwischen, dass Lenas Mann wieder zurück war und dass er das Boot für die Saison klar gemacht hatte. Es musste ein schönes, altes Boot sein, mit allem, was man so brauchte, in den Farben weiß und grün.

Sie hatte Lena von den Vorbereitungen auf den Weißen Sonntag erzählt, den täglichen Treffen mit den Kommunionkindern, und dass sie am Ende meist frustriert war, weil das Üben des äußeren Ablaufs so viel Raum einnahm.

5

Diesmal trafen sie sich an den Kastanien vor der Kirche. Zur Begrüßung beugte Lena sich zu Paula hinüber und legte ihre Wange kurz an Paulas, während sie mit beiden Händen ihr Rad festhielt. Etwas befangen nahm Paula die ungewohnte Begrüßung entgegen und erwiderte sie, legte ihr Gesicht an Lenas andere Wange.

Sie fuhren nebeneinander durchs Dorf, das träge sein Wochenende begann. Hier und da eine Frau mit Einkaufstasche, ein spielendes Kind, ein Mann, der sich um sein Auto kümmerte.

Das Wetter war überwältigend, Sonnenschein und fast kein Wind. Bald erreichten sie die Landstraße, konnten auf dem breiten Radweg nebeneinander bleiben und reden.

Lena wollte wissen, ob man in einem Wallfahrtsort jederzeit beichten könne. „Sicher", sagte Paula, „es gibt extra eine Beichtkapelle."

„Aber einem wildfremden Menschen, den man im Beichtstuhl nicht mal richtig sehen kann, so persönliche Dinge sagen..." Lena war unsicher.

„Wenn man nicht nur Sünden mitteilen will, sondern Klarheit sucht, kann man um ein Beichtgespräch bitten."

„Ich weiß nicht, es bleibt ein Fremder."

„Manche finden das gerade gut."

„Und was findest du?"

„Ich finde, dass man zum Beichten keinen Priester braucht, weil ich glaube, dass Jesus niemandem Sünden vergeben hat. Er hat den Leuten gesagt, dass Gott ihnen vergibt. Das ist ganz was anderes und das kann jeder."

„Ich dachte, du bist eine brave Pastorenschwester."

„Das dachte ich auch immer."

Inzwischen hatten sie die Landstraße überquert und waren in den Ort gefahren, wo sie vor dem großen Parkplatz in eine der Hauptstraßen einbogen und ihre Räder in einer Gasse abstellten, um unbehindert weiter gehen zu können. Ohne sie recht zu sehen, blickte Paula auf die Leute, die Tische und Stühle vor den Restaurants, die Andenkenläden, die ihre Ständer mit Rosenkränzen, Kerzen und Kitsch herausgestellt hatten.

Sie wollte keine brave Pastorenschwester mehr sein! Paula verscheuchte einen Anflug von schlechtem Gewissen, machte sich gerade und schob die Schulterblätter zusammen.

„Kevelaer ist auf jeden Fall ein prima Geschäft", hörte sie Lena sagen, die wissen wollte, wo das Heiligtum war, das Ziel der Pilger, wie sie es formulierte.

„Das Gnadenbild, alle Straßen führen darauf zu."

Nach wenigen Minuten erreichten sie einen Platz, der auf der linken Seite von einer dunklen Kirche begrenzt wurde. Vor der schattigen Außenmauer war wie immer ein Lichtermeer zu sehen. Paula liebte diese Stelle, den Kontrast zwischen den dunklen Mauernischen und der Helligkeit der vielen Kerzen.

„Schön", hörte sie Lena sagen und sah sie auf die Lichter zugehen. Paula blieb, wo sie war, ließ die Umgebung auf sich wirken. Die Gnadenkapelle mit dem Bild, um das sich die Gründerlegende rankte, lag sonnenbeschienen in der Mitte des Platzes. Auch die Stufen, die rechts von ihr zur Basilika führten, waren einladend hell.

Sie setzte sich auf eine und sah Lena entgegen, die langsam wieder zurückkam. „Beeindruckend", sagte sie und setzte sich zu ihr. „Wie viele Hoffnungen und Befürchtungen hier langsam das Wachs verbrennen. Glaubst du, dass die Gebete der Menschen in Kirchen und auf Plätzen den Ort verändern?"

Paula war skeptisch. „Ich glaube nicht, dass Gebete Räume verändern, eher das Wissen der Menschen. Weil du diese Gedanken hast, verändert sich der Platz für dich."

Sie saßen lange und sahen auf die Menschen, wie sie Kerzen anzündeten, in die Gnadenkapelle gingen oder neben ihnen die Stufen hoch stiegen.

„Das Gnadenbild ist in der Kapelle da drüben?", fragte Lena dann, und Paula nickte, schlug ihr vor, es in Ruhe anzusehen, während sie hier auf sie warten wollte. „Ich war schon so oft da." Lena war einverstanden und ging zu dem kleinen sechseckigen Kuppelbau.

Paula war allein und dachte an ihre Mutter, von der sie die ersten Mariengebete gelernt hatte. Morgens und abends hatte sie mit ihr vor einer Ikone gebetet, auf der eine dunkle Maria zu sehen war. Die Mutter hatte Paula vor dem Bild auf einen Stuhl gestellt, sie von hinten umfangen und ihre Hände über Paulas Hände gefaltet. Paula hätte immer so stehen mögen, die Wärme der Mutter um sich, aber das dunkle Gesicht an der Wand machte ihr Angst und aus dem Singsang der Gebete hörte sie Worte, die sie erschreckten. Da gab es das „Tal - der -Tränen - Gebet" und das vom „Feuer - der - Hölle". Nur durch vieles Beten, wie die Mutter es tat, konnte man im Tal der Tränen manchmal froh werden. Weil die heilige Maria einem dann half. Und vor dem Feuer der Hölle bewahrte einen Jesus, wenn man ihn anflehte. Mit Jesus und Maria wurde alles gut, aber eben nur, wenn man brav war.

Ihre Mutter hatte blonde Haare und weiße Haut gehabt. Nur ihre Augen waren sehr dunkel gewesen. Dunkel und traurig. Jeden Morgen, wenn Paula von ihr geweckt wurde, war in ihr die Angst, ihre Mutter würde zu weinen beginnen, und Paula könnte sie nicht trösten. Darum versuchte sie, vorher schon wach zu sein, was ihr allerdings selten gelang. Dann jedoch spielte sie ein Spiel, das den traurig lächelnden Gesichtsausdruck zur Eindeutigkeit provozierte. Sie warf beide Arme um den Nacken, der sich über sie beugte und klammerte sich fest. Mit einem kleinen Schrei ergab die Mutter sich und legte für einen Moment ihr Gesicht an das ihrer Tochter. Im nächsten Augenblick zog sie Paula mit sich hoch und ein paar glückliche Sekunden lang hielten sie sich umschlungen. Bis Paula auf dem Dielenboden abgestellt wurde und die Mutter ihr geistesabwesend über den Kopf strich. In ihrem Lächeln hielten sich Freude und Traurigkeit schon wieder die Waage.

Warum sie so traurig war? Wegen Vaters Tod und wegen der schlechten Zeiten gleich nach dem Krieg. Oder war da noch was anderes gewesen? Genau wusste Paula es bis heute nicht. Die Mutter hatte über Gefühle nie gesprochen und Paula hatte ihre Fragen nie gestellt, eingeschüchtert von der mütterlichen Traurigkeit und ihrer von Jahr zu Jahr wachsenden Strenge.

Als ihr aufgegangen war, was es bedeutet haben musste, in der Nazizeit nicht mitzulaufen wie die meisten, war sie auf ihre Eltern stolz gewesen. Sie waren ihren eigenen Überzeugungen treu geblieben, hatten sich zur Kirche bekannt, als fast alle aus Angst zu Hause geblieben waren. Hatten Johannes zum Dienst am Altar geschickt, als außer ihm kein anderer Junge mehr Messdiener war. Später hatte sie ihre Mutter bewundert, ihre entschiedene Frömmigkeit, ihre gradlinige Ruhe und Disziplin. Was sie sagte, musste richtig sein. Sie schien den Willen Gottes zu kennen für sich und ihre Kinder.

Paula sieht im Fensterausschnitt die Schwalben fliegen, was bedeutet, dass das Wetter schön bleiben wird. Sie fangen schon an, sich für den großen Flug zu sammeln, kleine Verwandte.

Heute würde sie die Mutter fragen, wenn sie noch lebte. Warum sie so fromm gewesen war, so traurig und so streng. Wovor sie Angst gehabt hatte. Warum Gefühle nicht erwünscht gewesen waren und Kritik nicht erlaubt. Warum es nur diesen fraglosen Gehorsam gegeben hatte, der auf Blicke und Seufzer reagierte, ängstlich Gewissenserforschung hielt. Der Rundrücken aus Ergebenheit und Leidensbereitschaft produzierte.

Paula setzt sich gerade hin, schiebt die Schulterblätter zusammen, so dass die Ellenbogen weit nach hinten ragen und sie den imaginären Besenstiel spüren kann, der hinter ihrem Rücken durch die angewinkelten Arme hindurchgeht, verharrt einige Zeit in dieser Stellung.

Seit sie mit Lena in Kevelaer war, hat sie diese Übung täglich mehrmals gemacht.

Irgendwann hatte Lena wieder vor ihr gestanden, in der Hand einen Gebetszettel und etwas enttäuscht von der Kapelle mit dem Gnadenbild, das sie sich viel größer vorgestellt hatte. „Ja", sagte Paula, „man hat unbewusst die Bilder von Lourdes und Fatima im Kopf."

Lena war schon unterwegs zum Eingang der Kerzenkapelle und Paula folgte ihr. Sie besuchten die Basilika, die Sakramenten - und die Beichtkapelle. Man konnte beichten, wenn man wollte. Aber Lena wollte nicht, sah Paula stattdessen spöttisch an: „Ich beichte dann mal bei dir", sagte sie, „irgendwann."

Voll von Eindrücken setzten sie sich später in ein Straßencafé, dessen Tische in der Sonne lagen, und bestellten Getränke und ‚Dicke Suppe', denn Paula bestand darauf, dass die zur Wallfahrt gehöre.

„Ich glaube an Wunder", sagte Lena gedankenverloren. Paula war überrascht. Die theologischen Fachleute stellten die Wunder Jesu in Frage. Wieso war Lena so bereit, an Wunder zu glauben? Sie schwieg.

„Warum sagst du nichts? Vor dir sitzt ein Heidenkind, das bekehrt werden möchte."

Wohin sollte sie Lena bekehren, diese lebensvolle Frau, mit so vielen Interessen und voll wacher Anteilnahme? Doch nicht zu ihrem Rundrücken - Katholizismus!

„Wieso Heidenkind? Du bist doch getauft?"

„Das ist aber auch alles. In unserer Familie war Glauben oder Kirche kein Thema. Es wurde normalerweise nicht gebetet. Nur meine Oma tat es mit mir, wenn sie zu Besuch war und mich ins Bett brachte. Ich mochte sie sehr, fand es schön, wenn sie mit mir betete, aber weil es so selten vorkam, vergaß ich es dazwischen vollständig. In der Schule machte man sich über Fromme lustig. Ich bin mit der ganzen Klasse zur Jugendweihe gegangen, für meine Eltern war das selbstverständlich.

„Und dein Mann?", fragte Paula. „Mein Mann ist evangelisch, aber auch nur auf dem Papier. Unsere Kinder sind nicht getauft." Sie machte eine Pause. „Wenn ich das hier sehe, frage ich mich, was wir alles versäumt haben."

„Mal abgesehen von der Marienfrömmigkeit an einem Wallfahrtsort, die für mich viele Fragen aufwirft, glaubst du eigentlich an Gott, falls ich das fragen darf?"

„Weiß ich nicht. Vielleicht glaube ich an ein allgemeines Geheimnis, oder, trotz allem, an die Liebe."

Paula reichte ihr über den Tisch die Hand. „Die Gretchenfrage hast du damit beantwortet." Und nach einer Pause: „Schluss mit der Ausfragerei."

„Vielleicht will ich es aber."

Die Erbsensuppe wurde gebracht. Sie aßen, tranken Bier dazu und redeten über die Leute, die vorbeikamen. Der Kellner machte Lena den Hof und Paula zog sie damit auf. Lena war das gewohnt und fand es keineswegs unangenehm. Sie fand, Paula solle die Haare nicht so eng an den Kopf frisieren. „Du siehst viel besser aus als ich, aber du machst nicht genug aus dir." „Vielleicht will ich es nicht." Lenas Blick sagte, dass sie Paula nicht glaubte.

Nach dem Essen verbrachten sie viel Zeit in einer Buchhandlung, dann schlenderten sie langsam die Straße zurück, auf der sie gekommen waren. Kurz vor dem Gässchen, in dem ihre Fahrräder standen, machte Lena Paula auf einen Metzgerladen aufmerksam. „Sieh dir mal den Türgriff an", sagte sie. Auf einer quadratischen Platte prangte das ‚Lamm Gottes'. „Wie findest du das?"

„Peinlich."

„Ich wollte immer schon Vegetarierin werden."

Paula erzählte Johannes davon, als sie zu Abend aßen. „Es war ein ´Lamm Gottes´, wie man es von Gebetbuchbildchen kennt, mit Fahne und so, du weißt schon. Wie findest du das?" Johannes schwieg, kaute.

„Frau Kindlers Kommentar war, sie hätte immer schon Vegetarie-rin werden wollen." Paula lachte, und bemerkte, dass Johannes plötzlich aufsah. „So, hat sie das gesagt? Es war vielleicht ein frommer Metzger."

„Das hört sich an, als wäre für dich fromm und doof dasselbe." Damit war das Gespräch beendet, aber Paula hatte auch keine Antwort mehr erwartet.

In den Telefonaten der folgenden Tage kam Lena hin und wieder auf Kevelaer zurück. Sie wollte unbedingt noch mal hin, wenn die Saison begonnen hatte, am besten zu Fuß, vielleicht sogar mit einer Prozession.

Sie fanden heraus, dass der Samstag sich für gemeinsame Unter-nehmungen am besten eignete, planten, in gut einer Woche mit dem Auto nach Düsseldorf ins Museum zu fahren.

6

Paula sang beim Zubereiten des Frühstücks. Dass es nieselte, störte sie nicht.

„Gegen neun fahre ich mit Lena nach Düsseldorf zur Kunstsammlung." Sie sagte jetzt Lena, nicht mehr Frau Kindler.

Johannes war gerade hereingekommen, hatte sich an den Tisch gesetzt, faltete die Serviette auseinander und sah sie an.

„Die sollen über neunzig Bilder von Klee haben. Ein kluger Mann war das, ich habe mal Aphorismen von ihm gelesen."

Paula freute sich, dass Johannes so gesprächig war, und ließ ihren Gedanken freien Lauf.

„Manchmal stehe ich in der Diele vor dem Bild von Klee und frage mich, wie es möglich ist, dass lauter Quadrate, Rechtecke und ein paar Halbkreise eine solche Wirkung haben. Rote und weiße Kuppeln. Als wären es Türen vor Heiligtümern, die von innen nach außen strahlen. Man muss sie nicht öffnen, weil das Geheimnis so fühlbar ist."

„Das ist die Aufgabe von Kunst."

„Dann ist die Bezeichnung ‚religiöse Kunst' ein weißer Schimmel, oder?" Paula biss in ein Marmeladebrot, trank Kaffee dazu. Johannes sah sie einen Moment an, unschlüssig, ob er ihr antworten sollte, ließ es aber.

Als Lena bald darauf schellte, bot Paula ihr eine Tasse Kaffee an. Sie wollte noch schnell die Küche aufräumen. Johannes legte seine Zeitung weg. Er hatte offenbar nicht damit gerechnet, dass Lena ins Haus kommen würde, und wirkte befangen. Sie setzte sich ohne Umstände zu ihm an den Tisch. Während Paula das Geschirr wegstellte, Käse und Marmelade in den Kühlschrank räumte, hörte sie zu, wie die beiden sich unterhielten. Lena sprach von Museen in Berlin. Johannes redete wenig. Wollte wissen, ob Lena vorhabe, mit dem Auto bis Düsseldorf zu fahren oder nur bis Krefeld. „Weil man von da sehr gut mit der K-Bahn weiter kommen kann. Wegen des Parkplatzmangels."

Johannes wirkte verlegen, hielt einen Vortrag über die K-Bahn, die heutzutage U-Bahn hieß und als Verbindung zwischen den beiden Städten bereits eine lange Tradition hatte. Er war so weitschweifig, als müsste er sich an dem Thema festhalten.

Lena gab ihm zum Abschied die Hand. Paula winkte zu Johannes hinüber. Täuschte sie sich, oder hatte er rote Ohren?

Sie genoss es, mit dem Auto durch die Landschaft gefahren zu werden, bewunderte die Souveränität, mit der Lena den Wagen im Griff hatte und dabei locker erzählte. Ihr Mann, der eine Jungenmannschaft in Geräteturnen trainierte, war zu einem zweitägigen Sportwettkampf abgeholt worden, dadurch hatte Lena den Wagen zur Verfügung.

Paula war in Gedanken noch bei Johannes. „Sieht aus, als machtest du meinen Bruder verlegen. So kenne ich ihn gar nicht."

„Ich weiß, aber da bin ich unschuldig. War von Anfang an so und tut mir auch leid für ihn."

„Und du?"

„Ich habe nichts mit ihm vor."

„Und wenn du was mit ihm vorhättest?"

„Müsste er sich vorsehen."

Paula wusste nicht, was sie von der Antwort halten sollte.

„Wie viele Gesprächstermine hattest du eigentlich mit ihm?"

„Um die fünf, aber er ist ein Dinosaurier, kannste nix machen."

„So altmodisch findest du ihn?"

„Leider. Er scheint zu glauben, dass Gott Ehen kittet, wenn man nur genug darum betet. Aber das ist mir zu einfach. Mit Psychologie kennt er sich nicht wirklich aus."

„Du versuchst, deine Ehe zu kitten?"

„Ich bin ganz bewusst aus diesem Grund hier hin gezogen. Eine Probezeit, sozusagen. Hab' lange überlegt, ob ich nicht besser in Potsdam oder Berlin bleiben sollte. Aber ich liebe meinen Mann, kannste auch nix machen." Lena lächelte in Paulas Richtung. Ihre Augen blieben traurig.

„Ich muss mich ändern, aber ich weiß nicht recht, warum ich mich verhalte, wie ich mich verhalte, was daran berechtigt ist und was nicht." Sie schwieg. „Natürlich sollte mein Mann sich auch ändern."

Paula sah auf Lenas Hände am Lenkrad. Sie sahen auch traurig aus.

„Lass uns ein andermal darüber sprechen", sagte Lena.

Es nieselte nicht mehr, war aber weiterhin trüb. Die Landschaft zog weit, grün und grau an ihnen vorbei. Kopfweiden zwischen Feldern, Pappelalleen, einzelne Bauernhöfe und Dörfer.

In Krefeld stellten sie den Wagen ab und fuhren mit der Bahn weiter, wie Johannes vorgeschlagen hatte. „Bistro-Wagen", staunte Lena und fand, sie bräuchte unbedingt wieder einen Kaffee. So setzten sie sich jede auf einen Fensterplatz und genossen den schäbigen Luxus, zu dem das schmale Tischchen zwischen ihnen gehörte. Eine Plastikdecke sorgte dafür, dass alle abgestellten Dinge rutschfest wurden.

Um diese Zeit war die Bahn fast leer. Kaffee und Tee zwischen sich, sahen sie in die Landschaft. Aus der Stadt heraus ging die Fahrt zuerst durch locker besiedelte Gebiete, dann erreichten sie freies Feld. Äcker mit Korn links und rechts, grüne Flächen, in denen man die parallel verlaufenden Saatreihen kaum noch ausmachen konnte, so hoch standen die Halme schon. Dazwischen Wiesen, Straßen, Häuser. In den Traktorspuren an den Feldrändern stand Wasser. Über dem Land lag leichter Dunst, so dass sich die hin und wieder auftauchenden Waldstücke ins Unendliche verschoben. Sie sprachen nicht viel, hingen ihren Gedanken nach.

An der letzten Haltestelle vor der Rheinbrücke stiegen sie aus, um zu Fuß über den Fluss zu gehen, lehnten sich in der Mitte ans Geländer, spürten den Wind. Vor ihnen lag im großen Bogen die Altstadt. Schlossturm, Lambertuskirche, das moderne Rathaus und am Ende der Fernsehturm. Unter ihnen wälzte sich in Wellen und Strudeln das Wasser. Paula meinte es gurgeln zu hören, was natürlich unmöglich war wegen des Lärms, den Wind und Verkehr hier oben machten. Die Brücke vibrierte immer wieder, wenn Lastwagen oder Bahnen sie überquerten. Flussaufwärts und – abwärts schoben sich Lastkähne unter der Brücke durch. Die einen erschienen plötzlich unter ihnen, stellten ihre ganze Länge und Breite mit sämtlichen Aufbauten, Geräten, Fahrrad, Auto, Hund und Katze zur Schau, um sich sogleich wieder zu entfernen, vor ihren Augen kleiner und kleiner werdend. Die anderen kamen auf sie zu und verschwanden unter ihnen. Vogelperspektive. Schwebezustand. „Hier weiß man nicht nur, dass die Zeit verstreicht, man sieht es." Paula kniff die Augen zusammen, um ein Schiff so lange zu verfolgen, bis es sich in Luft auflöste.

„Erstaunlich!", meinte Lena. „Dagegen ist die Spree schmal und die Havel ein stehendes Gewässer." Ein Containerschiff mit hellblauen Kästen kam schnell auf sie zu. „Das warten wir noch ab, dann bin ich bereit weiter zu gehen." „Einverstanden, aber vorher spuck' ich noch drauf", sagte Lena. Paula fand, der Wind stehe günstig. Es kam auf den richtigen Moment an. Die ersten Container hatte die Brücke schon verschluckt. „Jetzt!", kommandierte sie und zwei helle Spuckeblasen fielen nebeneinander auf die letzte Containerreihe, unmittelbar vor dem Führerhaus, blieben einen Moment als dunkle Flecken sichtbar.

„Das war eben", sagte Lena. „Und ab jetzt sind wir wieder zwei seriöse Damen mittleren Alters." Sie kicherten. Lena hakte sich bei Paula ein.

„Was ist das?" Sie zeigte auf einen riesigen Bau, der im oberen Bereich mit Mosaiken verziert war.

„Die Kunstakademie."

„Das ist gut", fand sie. „Die ist bestimmt offen und hat, was ich suche." Wenig später drückte sie gegen die schwere, zweiflügelige

Tür, die sich öffnete, und ging hinein. Paula sah nur noch eine Hand, die ihr winkte, und folgte ihr.

In der Eingangshalle passierte Lena mit souveränem Kopfnicken das Pförtnerhäuschen und wurde dann langsamer, so dass Paula, die versuchte, möglichst unauffällig auszusehen, sie einholen konnte.

„Bist du verrückt, was machst du hier?" Paula fühlte sich nicht wohl, sah sich um.

„Ich brauche unbedingt ein Klo. Die müssen hier doch ein Klo haben." Sie ging in ihrem eleganten olivfarbenen Kostüm mit wehendem Seidenschal zielstrebig bis zum Ende des Gangs, sah sich um und fand auch wirklich den Hinweis mit Pfeil nach unten. Paula lief hinter ihr her. Ein Student mit weiß bestaubten Händen ging nickend an ihnen vorbei.

„Was sagst du, wenn dich einer anspricht?"

„Dann sage ich, dass ich eine Toilette suche, aber es spricht uns keiner an. Wir sehen aus, wie die zwei neuen Professorinnen, auf die man seit Wochen wartet."

Paula wurde langsam ruhiger. Sie folgten dem Pfeil und stiegen zum Keller hinunter, wo offensichtlich die Kantine war, denn Essensgerüche zogen durch die alten Gewölbegänge. Kichernd hatten sie den sanitären Ort für sich allein.

Wieder draußen, auf dem Weg Richtung Altstadt, wechselten sie von der Schattenseite der Straße zur Sonnenseite hinüber, erfreut über den plötzlich aufgeklarten Himmel. Ein schwarzer Straßenverkäufer bot Holzschmuck an. Er trug die Ketten um Hals und Arme, die Armbänder und Broschen auf einem kleinen Bauchladen vor sich her. Sie gingen auf ihn zu und sahen sich sein Angebot an. Ruhig stand er vor ihnen und wartete. Beiden gefiel eine Kette aus verschiedenfarbigen Hölzern sehr gut. Sie hatte in der Mitte eine besonders große, aus hellem und dunklem Holz zusammengesetzte Scheibe. Das Holz war glatt und mit Lederbändern zusammengehalten. Paula fand die Kette ungewöhnlich schön, aber zu auffällig für sich. Trotzdem überlegte sie, zu welchen Kleidungsstücken sie passen würde.

Lena kaufte sie einfach, mit dem passenden Armband dazu. Der Verkäufer strahlte und schenkte jeder eine winzige, schwarze Brosche, wünschte einen schönen Tag.

Lena war sichtlich zufrieden mit ihrem Einkauf, zog Kette und Armband aus der Verpackung, strich über das glatte Holz. „Schön, nicht?", sagte sie. Paula nickte, und ehe sie sich versah, hatte Lena ihr die Kette um den Hals gehängt, stand mit schräg gelegtem Kopf vor ihr. „Genial!" rief sie. „Passt genau zu deinem rostfarbenen Pullover und dem schwarzen Blazer, macht dich noch attraktiver, als du schon bist."

„Sie ist viel zu auffällig für mich", sagte Paula, und spürte, dass sie rot wurde wegen Lenas Begeisterung für ihre Erscheinung. „Du bist es nur nicht gewöhnt." Lena war plötzlich ernst, sah sie mit einem Blick an, den Paula nicht deuten konnte, lachte aber im nächsten Moment wieder, als sie sich das Armband über ihr Handgelenk streifte. „Es sind einfach unsere Farben, das musst du zugeben!"

Die Straße wurde belebter, mündete in eine andere, noch belebtere, und Paula wusste nicht mehr, wo sie waren. „Ich glaub´, wir hätten vorher schon irgendwo abbiegen müssen."

„Gefällt mir hier." Lena drehte an einem Ständer mit Blusen, der zu einem Bekleidungsgeschäft gehörte. „Wir haben es doch nicht eilig, lass uns einfach ein bisschen bleiben und uns umsehen." Sie hielt einen schwarzen Pullover hoch. „Reine Seide, gar nicht so teuer."

Paula freute sich, dass Lena sich wohl fühlte. Sie sah sich in einer Schaufensterscheibe, fand, dass die Holzkette wirklich gut zu ihr passte, und hatte plötzlich den Wunsch, sich bei Lena zu bedanken. Die trug inzwischen mehrere Kleidungsstücke über dem Arm und lächelte ihr entgegen. Paula ging durch den Kopf, dass Lena vielleicht viel jünger war als sie. Komisch, dass sie noch nie über ihr Alter gesprochen hatten. Als sie bei ihr angekommen war, hielt

Paula die Kette hoch und sagte: „Gefällt mir sehr, danke." Lenas Lippen formten einen Kuss, bevor sie geradezu unverschämt breit lächelten.

Die Sonne war jetzt richtig warm. Paula setzte sich auf einen der Betonpoller am Straßenrand und holte den Stadtplan aus der Tasche, während Lena im Geschäft die ausgesuchten Sachen anprobierte. Nachdem sie sich den Weg zum Museum eingeprägt hatte, legte sie den Plan zurück, hielt ihr Gesicht in die Sonne und schloss die Augen. Sie war mit ihrer Freundin in Düsseldorf unterwegs, als wäre es das Selbstverständlichste der Welt. Mit einem Finger berührte sie die Kette, spürte das glatte Holz, das sich wie Glück anfühlte.

„Hab' nur den schwarzen genommen, fühl mal." Lena warf Schatten auf Paulas Gesicht, zog den Pulli ein wenig aus der Tüte und hielt ihn ihr hin. Paula strich mit der Hand über die unregelmäßige Seide. „Angenehm", fand sie, und stand auf.

„Ich weiß jetzt, wie wir zur Kunstsammlung kommen."

„Das habe ich auch erwartet." Sie fanden den Weg zum Museum leicht und nahmen sich Zeit. Jede ging für sich, verweilte vor unterschiedlichen Bildern. Hin und wieder begegneten sie sich. Paula stand lange vor Magritte mit seinen verrückten Ideen. Dass Klee so witzig war, hatte sie gar nicht gewusst. Und was bedeutete sein „schwarzer Fürst" oder „Prinz" mit den grünen Augen? War er der Teufel, Fürst dieser Welt genannt? Aber er sah eher still und freundlich aus. Vielleicht war er einer der drei Könige aus dem Morgenland. Er kam aus dem Schatten. Hatte er Angst, oder machte er welche? Sie kaufte im Museumsshop eine Karte von ihm, die sie in ihrem Zimmer an die Wand heften wollte. Lena kaufte eine Kladde mit einem Deckelbild von Kandinsky. „Für Träume", sagte sie. „Ich will wieder anfangen, sie aufzuschreiben."

Als letztes stiegen sie noch einmal in die zweite Etage und tranken im Bistro einen Kaffee. „Kennst du dich mit Träumen aus?", fragte Paula. Lena schüttelte den Kopf. „Aber ich habe mal ein Seminar dazu besucht. Dabei fand ich gut, dass jeder seinen oder jede ihren Traum selbst deutete, inspiriert von den Fragen und Einfällen der anderen. Damals habe ich viele Träume aufgeschrieben. Hat mir gut getan."

„Vielleicht achte ich zu wenig auf meine Träume", sagte Paula nachdenklich.

Als sie das Museum endlich verließen, war es später Nachmittag. Sie setzten sich auf eine der Steintreppen, die zum Wasser führten. Es roch nach Tang und Weite, erinnerte schon ans Meer. Die Sonne spiegelte sich im Fluss, so dass sie die Augen zukneifen mussten, um die Schiffe darauf genauer zu sehen oder die Giebel der Häuser auf der anderen Seite.

„Wenn wir jetzt auf dem schnellsten Weg nach Hause fahren, sind wir genau passend zum Essen da", sagte Paula.

„Aber unbedingt musst du doch nicht zum Abendessen zu Hause sein?"

„Johannes rechnet mit mir."

„Du könntest ihn anrufen und ihm sagen, er soll sich ausnahmsweise selbst versorgen."

„Was hast du vor?"

„Ich würde gern zum Fernsehturm gehen und oben zusehen, wie es dunkel wird. Da ist doch bestimmt ein Restaurant drin. Warst du schon mal da?" Paula schüttelte den Kopf. Bei ihrem spartanischen Leben kam sie gar nicht auf solche Ideen.

„Würdest du auch gern?" Sie nickte, fragte sich, um welche Zeit sie Johannes am besten anrufen sollte. Als hätte Lena ihre Gedanken erraten, sagte sie: „Telefon gibt es da sicher."

Am Rhein entlang gingen sie auf den Fernsehturm zu, überquerten irgendwann die Straße, um in die Gassen der Altstadt zu sehen. Vor einem Juwelierladen blieb Lena stehen. „Toll", sagte sie und zeigte auf eine Brosche, die ihr gut gefiel, verglich sie mit anderen Schmuckstücken, beurteilte die Verarbeitung verschiedener Teile, fand die meisten gelungen.

„Verstehst du was davon? Du hörst dich so fachmännisch an."
„Hab' ich gelernt."
„Goldschmiedin?" Lena nickte.

Inzwischen standen sie fast vor dem Landtag, hinter dem der Turm aufragte. Riesig wirkte er aus der Nähe. Oben gab es zwei Etagen, von denen sich nur die mit dem Restaurant drehte. Mit etwas Mühe fanden sie einen freien Tisch, setzten sich auf die Fensterplätze und sahen hinaus. Paula hatte ein Kirmesgefühl im Magen.

Sie starteten mit ihrem Tisch Richtung München, was bedeutete, dass sie in einen relativ leeren Hafen hinunter sahen. Schiffe und Autos waren zu Spielzeuggröße geschrumpft. Einige Straßenabschnitte lang konnte man die bunten Blechkästchen mit den Augen verfolgen, dann verstellten Häuser die Sicht. Winzige Menschen lebten da in aufeinander gebauten Streichholzschachteln.

„Wenn wir in Richtung Berlin stehen, winke ich zum Alex rüber. Genau die richtige Tageszeit, übrigens. Gleich fängt es an zu dämmern, und wir können zusehen, wie die Lichter angehen. Gefällt es dir?"

„Faszinierend", nickte Paula.

Der Kellner kam. Sie bestellten Suppe und Salat mit Brot, dazu jede ein Glas Rotwein.

„Jetzt würden wir in Leipzig auskommen, wenn wir geradeaus flögen. Wir kommen Berlin schon näher", sagte Paula, die dem Rhein den Rücken zukehrte, während Lena noch ein Stück vom Fluss und dem sich rötenden Himmel dahinter sehen konnte.

„Himmel über Düsseldorf", sagte sie, „kaum ein Unterschied."

„Erzähl doch mal von deinem Beruf. Hast du als Goldschmiedin gearbeitet?"

„Nein, ich habe in Museen und Schlössern Blattgold aufgelegt oder andere Restaurationsarbeiten gemacht. Mein Mann hat mich da untergebracht. Er hatte als Architekt im Bauamt die entsprechende Übersicht und kannte die maßgeblichen Leute. Habe ich gern getan. Hier bin ich allerdings chancenlos, so viele alte Gemäuer gibt es ja nicht in der Gegend."

„Und eine Anstellung als Goldschmiedin?"

„Höchstens in Düsseldorf. Ansonsten könnte ich wahrscheinlich irgendwo Schmuck verkaufen, aber dazu habe ich keine Lust." Sie zeigte nach draußen und Paula folgte ihrem Finger mit den Augen. Die ersten Lichter waren zu sehen, drei oder vier helle Fenster in einem Hochhaus.

Komisch, sich vorzustellen, wie an all den vielen Orten das Licht angemacht wurde. Drückte ein Mann auf den Schalter, eine Frau, ein Kind? Mit welchen Gedanken und Gefühlen? Paula träumte vor sich hin. Auch die Straßenbeleuchtung ging jetzt an und zeigte den Verlauf der Asphaltbänder, auf denen einige Autos mit, andere noch ohne Scheinwerfer unterwegs waren.

Die Suppe beschäftigte sie eine Weile im Inneren des Raumes, der wegen der Aussicht im Dunklen nur spärlich beleuchtet war. Anschließend kamen die Salate. Zwischendurch fiel ihr Johannes wieder ein und sie ging zum Telefon, sagte ihm, dass sie nicht zum Abendessen zurück sei. Selbstverständlich war das für Johannes in Ordnung. Aber hätte er etwas anderes gesagt, wenn es für ihn nicht in Ordnung gewesen wäre?

„Sieh mal!" Lena zeigte auf das Wort „Berlin", das jetzt über ihrem Fensterabschnitt zu lesen war und winkte in die zunehmende Dunkelheit, die inzwischen mit Lichtern übersät war. „Der ‚Alex' ist für mich so was ähnliches wie ein Freund", sagte sie. „Ich bin manchmal ganz allein hin, wenn ich Probleme hatte. Die andere Perspektive hat mir meist geholfen." Sie sah Paula an. „Was machst du, wenn du nicht weiter weißt?"

„Ich setze mich in die leere Kirche."

„Die ist wenigstens schön nah." Sie lachten.

„In Zukunft rufe ich anschließend bei dir an." Paula spielte mit ihrer Serviette, sah kurz zu Lena hinüber, dann nach draußen.

Langsam kam die Altstadt ins Blickfeld, das erleuchtete alte Rathaus, die vielen Kneipenreklamen.

„Wäre schön, wenn wir das schafften." Lena machte eine Pause. „Wenn es einem in Beziehungen gut geht, erscheint es selbstverständlich, dass man alles sagen kann. Aber ich weiß, wie schwer es manchmal ist, auch nur ein Wort herauszubringen. Oder ist das in Freundschaften anders als in Liebesbeziehungen?"

„Sind Freundschaften keine Liebesbeziehungen?"

Lena stutzte. „Hast Recht, wenn auch nicht so emotionsbeladen. Komisch, hab' ich noch nie drüber nachgedacht."

Paula trank den letzten Schluck Rotwein. „Wenn schon, denn schon", sagte sie bestimmt.

„Was verstehst du denn darunter?" Lena musste lachen.

Paula blieb ernst. „Wenn schon Freundin, denn schon Freundin", erweiterte sie ihre vorige Aussage.

„Darauf trinken wir!", sagte Lena und stellte fest, dass beide Gläser leer waren. So bestellten sie jede noch einen Rotwein und stießen auf ihre Freundschaft an.

Nach ein paar Schlucken schob Lena ihr Glas zu Paula hinüber. "Ich muss ja gleich noch fahren."

Die nahm es nickend entgegen, sah auf die Lichterkette der Lampen, die den Lauf des Rheins weit in die Dunkelheit hinein begleitete, schwebte. Da war es wieder, das Wunderland!

„Eigentlich müsste ich Alice heißen", sagte sie und war gar nicht verlegen, spürte den Wein auf ihren Wangen, sah Lena lächelnd an. Und Lena lächelte zurück, nickte, blies einen Kuss über den Tisch.

Kurz darauf brachte der Aufzug sie auf festen Boden zurück. Paula hakte sich bei Lena unter. Irgendwann auf dem Weg am Rhein entlang, als Paula sich eine Haarsträhne aus der Stirn strich, blieb Lena stehen und sah sie prüfend an. „Kannst du nicht mal die Spange aufmachen, ich möchte sehen, wie du ohne aussiehst."

„Dann kriege ich die Frisur nicht mehr hin."

„Vielleicht ist es schöner ohne."

„Sieht mich ja fast keiner mehr", kicherte Paula und zog die Spange heraus. Die Haare fielen in Wellen auf den Rücken herunter. Lena ging um sie herum. „Wie ein Rauschgoldengel" hörte Paula sie sagen und wusste nicht so recht, ob das positiv oder negativ gemeint war. „Passt viel besser zu Alice", meinte Lena noch, worauf Paula die Spange in die Hosentasche steckte.

Diesmal brannte noch Licht, als Paula gegen elf nach Hause kam. Johannes war in der Küche. Als er sie hörte, kam er aus der Tür und sah sie an. Sein Blick wirkte irritiert, und Paula fiel ein, dass sie ziemlich aufgelöst aussehen musste. Sie verbiss sich ein Kichern, winkte und sagte: „Es war schön in Düsseldorf."

Ob er sie gar nichts fragte? Sie ließ sich Zeit beim Aufhängen ihrer Jacke, bückte sich, zog langsam die Schuhe aus. Als sie sich wieder aufrichtete und zur Küchentür sah, nickte Johannes mit einem Glas Wasser in der Hand zu ihr hinüber.

Konnte ein Mensch so wenig neugierig sein, so uninteressiert? Wahrscheinlich übte er Selbstbeherrschung. Sie hatte keine Lust, ihn in Versuchung zu führen und sagte: „Gute Nacht."

Damals hatte sie zum ersten Mal „armer Dinosaurier" vor sich hin gesagt, auf der Treppe nach oben.

Vor ihrer Zimmertür angekommen, war ihr plötzlich aufgegangen, dass sie diesmal die erste Geige spielte. Mit einem kleinen Schrecken, so ungewohnt war es für sie. Selbst Robert war zuerst der Freund von Johannes gewesen, dann hatte er sich in sie verliebt. Ein eigenartiges Gefühl.

Im Spiegel ihres Kleiderschranks sah sie eine attraktive Frau, die sie unsicher ansah. Fremd kam sie sich vor. Ungewohnt, die offenen Haare, der auffallende Schmuck. Sie sah sich zu, wie sie ihn abnahm, drehte sich um und hängte ihn neben die Tür. Gefiel ihr.

Die leere Kaffeetasse im Schoß und immer noch sehr gerade, sieht Paula zu, wie sich eine Krähe auf den Kirchturmhahn setzt. Krähen sieht sie öfter hier oben. Paula mag die großen, schwarzen Vögel, die fast immer zu zweit sind. Die Paare sollen lebenslang zusammen bleiben. Da lässt sich auch schon eine zweite nieder. Ist das jetzt ein Männchen oder ein Weibchen? Sie sehen vollkommen gleich aus. Östlich der Elbe sind sie zur Hälfte grau. Nebelkrähen heißen sie da. Komisch, dass sie sich nicht vermischen, wo sie doch leicht über den Fluss fliegen könnten. Irgendwann muss sie den Grund dafür herausfinden. In Zukunft wird sie also Nebelkrähen sehen, ein kleiner Abschied ist das jetzt, sozusagen. Paula sieht zu, wie mal die eine, mal die andere den Kopf nach rechts oder links dreht. Ob immer nur Paare zusammen sind, oder auch Freunde und Freundinnen? Sie zieht mit ihrer Freundin nach Kreuzberg an den Landwehrkanal. Weiter als die schwarzen Krähen fliegen. Ob ihre Freundschaft hält, für den Rest ihres Lebens? Paula ist zuversichtlich. Obwohl sie am Anfang schon einmal fast zu Ende gewesen wäre.

7

S eit einiger Zeit besuchten sie sich unangemeldet, schnell mal
eben, wie es sich gerade traf. Wenn Lena im Ort zu tun hatte,
sah sie auf eine Tasse Kaffee bei Paula herein. Manchmal
reichte es nur für eine Umarmung, aber auch das war besser als
nichts. Hin und wieder hatten sie Glück und die Tasse Kaffee zog
sich in die Länge.
Sie hatten angefangen, sich ihre Träume zu erzählen, auch Paula
behielt inzwischen den einen oder anderen, fand es interessant, die
Bilder zu deuten, was längst nicht jedes Mal gelang. Sie fuhr immer
öfter auf ihrer Extratour mit dem Fahrrad bei Lena vorbei, manchmal blieb sie bei ihr hängen.
Auch an diesem Nachmittag. Es war warm. Sie saßen auf der Terrasse, Mariechen lag ausgestreckt auf dem Holzboden. Lena ser-
vierte zusammen geschüttete Saftreste mit Wasser und Eis in ho-
hen Gläsern, eine Zitronenscheibe auf dem Rand. Fürstlich sah es
aus, ihr Lächeln ebenfalls. Paula hielt prüfend den stark lilafarbe-
nen Inhalt hoch, nippte. „Ananas, Kirschen, Zitronensaft", sagte sie
und erntete ein zustimmendes Augenzwinkern.
Sie saßen eine Weile schweigend, tranken, blickten in den Garten
bis zu den Pappeln am Niersufer. Weiter ging es nicht.
„Ich hatte einen Traum." Paula sah einer Wolke zu, die langsam
über das Himmelblau wanderte. Lena schwieg.
„Ich bin weinend aufgewacht."
„So schlimm?"
„Es ging um eine Ziege, eine kleine, mit der ich im Zug unterwegs
war. Sie lag verpackt und verschnürt im Gepäcknetz. - Völlig verrückt! - Irgendwann bekam ich Angst um sie, immer mehr, und
versuchte verzweifelt, die Ziege von der Plastikfolie und dem
Strick zu befreien. Sie rührte sich nicht. Ich war sicher, dass sie
schon tot war. - Schrecklich! - Aber dann hatte ich sie ausgepackt
und sie atmete noch. Meine Panik schlug in Mitleid um. Ich strei-

chelte sie, bat um Verzeihung für die Misshandlung, weinte. Nie wieder, versprach ich ihr. Dann bin ich aufgewacht."

Paula spürte Lenas nachdenklichen Blick auf sich. „Welche Eigenschaften hat eine kleine Ziege für dich?"

„Lebenslustig, lebendig, bockig."

„Ich bin eine kleine, fest verpackte Ziege in einem Gepäcknetz. Kannst du den Satz mal auf dich wirken lassen?"

In diesem Moment kam ein Mann aus dem Haus, der automatisch den Kopf einzog, als er auf die Terrasse trat.

Paula musste den Satz nicht auf sich wirken lassen, hatte schon genug begriffen, ließ sich gern ablenken.

Das konnte nur Lenas Mann sein! Er ging auf seine Frau zu und küsste sie leicht auf den Mund, dann lächelte er Paula an und gab ihr die Hand. Lena sagte: „Ihr wisst ja sowieso, wen ihr vor euch habt. Mein Mann Bernd – meine Freundin Paula. Ich fände es schön, wenn ihr gleich beim Vornamen bleiben könntet."

Paula lächelte zurück.

Er war perfekt gekleidet, sah aber aus, als gehöre ihm der helle Anzug gar nicht, den er trug. Mit seinen zentimeterkurzen Haaren wirkte er wie ein verkleideter Baseballspieler. Amerikanisch, fand Paula, die von ihm sofort in ein Gespräch über das nahe gelegene Wasserschloss verwickelt wurde. Er fand es schade, dass ein großer Teil des alten Gebäudes verfiel. „Man müsste einen Golfclub dafür interessieren", sagte er, „dann könnte ein Restaurant eingerichtet werden, die Bausubstanz würde saniert und erhalten. Wiesen gibt es auch genug rundum. Und Golf erfreut sich wachsender Beliebtheit." Was Paula davon halte.

Paula liebte es, dass das Wasserschloss so herrlich verwunschen aussah. Allerdings auf Kosten des Gemäuers, das musste sie zugeben.

Lena, die aus der Küche den Saftvorrat und ein weiteres Glas geholt hatte, fand die beiden in angeregter Unterhaltung.

„Golf", sagte sie, als Bernd wieder darauf zurückkam, „scheint mir nicht anstrengend genug zu sein, um Sport genannt zu werden".

„Vielleicht kommt das nur daher, weil wir nichts davon verstehen", meinte Paula, woraufhin Bernd sofort anfing, die Sache mit den Handicaps zu erklären. Aber Lena hörte nicht richtig zu. „Ich werde bestimmt nie Golf spielen", sagte sie, während sie auch für ihn eine Zitronenscheibe auf den Glasrand steckte. „Trink mal!"

„Wir leben in Extremen", sagte er in gespielter Verzweiflung. „Ich kann nicht ohne Sport leben und sie nicht mit!"

Er hatte ein Jungengesicht mit hellen Augen und faltiger Lederhaut, nahm sein Glas und trank es in wenigen Schlucken leer. Lena füllte es neu und fand, die Hauptsache sei, dass sie miteinander leben könnten.

Bernd leerte das zweite Glas, stand auf und sagte lachend: „Wo sie recht hat, hat sie recht! Ich zieh mich zum Laufen um."

„Er trainiert fast jeden Tag." Lena legte die Beine hoch und drehte gedankenverloren ihr Glas zwischen den Fingern.

Paula schwieg, weil sie vermutete, dass er jeden Moment zurückkommen würde.

Mariechen sprang auf Lenas Schoß und von dort weiter auf den Tisch, dessen Glasplatte angenehm kühl war. Beide sahen zu, wie die Katze sich darauf lang machte und wieder zu dösen begann.

„Wenn Bernd gleich kommt, wird er meckern. Er ist ordentlicher als ich, findet, dass Katzen nicht auf Tische und in Betten gehören." Lena strich über Mariechens Kopf, weiter reichte ihre Hand vom Stuhl aus nicht. „Aber da sie Saft nicht mag und den Tisch sowieso als ihr Revier betrachtet, will ich meine pädagogischen Fähigkeiten nicht unnütz verschwenden."

Paula genoss das gemütliche Chaos, das Lena stets um sich verbreitete. Sah auf den Stapel Sitzkissen vor der Hauswand, auf die Blumentöpfe, die zum Teil mit Erde gefüllt waren. Petunien in blau, weiß und rosa standen in einer Pappe daneben. Kehrblech und Handfeger, Strohbesen, mehrere Gießkannen. Und jede Menge verschiedener Gefäße, in denen Samen keimte, sich in unterschiedlichen Höhen Grün entfaltete. Weil Lena die Tütchen wegwarf, musste man raten, welche Pflanzen da heranwuchsen. Ein Spiel, bei dem sie hin und wieder Wetten abschlossen.

Bernd kam in Jogginghose und T-Shirt auf die Terrasse. Mit angewinkelten Ellenbogen und tänzelnden Schritten demonstrierte er angestrengtes Lauftraining, grinste, schüttelte den Kopf, als er die Katze auf dem Tisch bemerkte, und verschwand wortlos im Garten. Einen Moment später hörten sie das Törchen zuschnappen.

Jetzt passte für Paula alles zusammen, die große, drahtige Figur, die Sportkleidung, der Bürstenhaarschnitt. Sie lachte. „Ich finde ihn witzig. Ist er auch so, wenn du mit ihm allein bist?"

Lena nickte. „Er bringt mich immer noch oft zum Lachen. Ein Aufheiterer, voll verrückter Ideen. Langweilig ist es jedenfalls so schnell nicht mit ihm." Sie trank, drehte an ihrem Glas. „Aber ich habe ihn trotzdem betrogen."

Paula schwieg. Ob sie richtig gehört hatte?

„Nicht nur einmal."

„Du meinst, du hattest andere Männer neben Bernd?" Paula spürte, wie ihr heiß wurde. Es musste ein Irrtum sein. Lena war keine Ehebrecherin. Sie war nicht so eine, kein Flittchen.

„Tut mir leid, dass ich dich schockiert habe." Lena drehte sich zu Paula um, die schweigend ihr Glas leer trank und sie nicht ansehen konnte. Stattdessen stieg in ihr das Gefühl auf, sofort weg zu müssen, auf jeden Fall, bevor Bernd zurückkam.

Steif stand sie auf. „Ich muss gehen."

Steif ließ sie sich von Lena umarmen, die sie zur Tür brachte. Als sie mit dem Rad aus der Einfahrt fuhr, sah sie sich nicht um.

Sie konnte nicht befreundet sein mit einem solchen Menschen. Mit einer Frau, die Liebhaber hatte, vielleicht gleichzeitig mit zwei Männern schlief. Wahrscheinlich hatte sie ihrem Mann nichts davon gesagt. Sie stellte sich den ahnungslosen Bernd vor, der Lena aufheiterte, die aus den Armen eines anderen kam. Verlogen. Gemein. Wie sollte sie ihr vertrauen, die sich einfach über die Gebote hinwegsetzte? Lena mit all ihren wunderbaren Eigenschaften war eine treulose Frau!?

Inzwischen war Paula auf dem Platz vor der Kirche angekommen, lehnte ihr Rad an eine der Kastanien und ging hinein. Wohltuendes Halbdunkel. Im Chor der rote Punkt des ewigen Lichts. Stille. Sie setzte sich in eine der hinteren Bänke. Langsam verwandelte sich ihr Abscheu in Traurigkeit.

Ein Wunder war diese erste Freundschaft ihres Lebens für sie gewesen, ein Gottesgeschenk. Und nun war alles schon wieder zu Ende. Und konnte doch nicht mehr wie vorher sein. Sie fühlte sich jetzt schon wie amputiert ohne die Telefongespräche, das Lachen, die Besuche, die gemeinsamen Pläne. Ohne Lenas Direktheit, ihre interessierten Fragen, ohne dieses herrliche Chaos und ohne Mariechen. Phantomschmerz breitete sich in ihr aus.

Irgendwann war sie aufgestanden und hatte angefangen die Blumen zu gießen, ein paar welke Blüten aus dem Strauß am Altar zu zupfen. Die Zweige vor der Muttergottes waren nicht mehr zu retten. Sie nahm sie heraus, stellte die Vase in den Vorraum der Sakristei und achtete auf dem Weg zur Tür darauf, dass keine abgeblühten Reste auf den Boden fielen. Draußen überrumpelte sie das Licht und trieb ihr Tränen in die Augen. Sie legte den verwelkten Strauß auf den Gepäckträger und führte das Fahrrad die paar Stufen zum Friedhof hinunter, warf den Abfall in einen Drahtkorb, brachte das Rad in den Schuppen. Auf einem Seitenweg im Schatten kehrte sie zurück.

Bevor sie die Straße überquerte, ging sie noch einmal in die Kirche und zündete eine Kerze an. Steckte sie in den schmiedeeisernen Ständer vor dem heiligen Josef, stand eine Weile und sah auf das Licht, das da so allein sein Wachs verbrannte.

Warum ihr beim Aufschließen der Haustür die Ziege einfiel, wusste sie nicht. Aber sie sah plötzlich wieder den schlaffen kleinen Körper vor sich. Die beiden Erhöhungen auf dem Kopf, aus denen später die Hörner wachsen würden, rührten sie so, dass sie einen Moment lang dachte, sie müsste weinen wie im Traum. „Ich bin eine kleine, fest verpackte Ziege in einem Gepäcknetz." Das war der Satz, den Lena gesagt hatte und den sie auf sich wirken lassen sollte.

Lebenslust, Lebendigkeit und Bockigkeit. Fest verschnürt und abgelegt. Ungelebt. Zum Weinen.

Im Haus war es still und kühl. Paula ging gleich in ihr Zimmer und starrte bald darauf nach draußen auf die sonnenbeschienene Kirche. Es war Ende Mai und warm wie im Hochsommer. Wie es Lena wohl ging? Aber sie wollte nicht an Lena denken, lieber an die Ziege, was letztlich aufs Gleiche hinauslief.

Sie würde einen Linolschnitt machen! Mit aufgestütztem Kopf und geschlossenen Augen versuchte sie, die Traumziege vor sich zu sehen. Deutlich wurde nur die Erschöpfung des Tieres, nicht die Form. Hatte sie nicht Postkarten von Mataré, auf denen Kühe abgebildet waren? Sie stand auf und suchte zwischen einigen Kunstkarten auf dem Regal neben dem Fenster, fand auch schnell, was sie suchte. Kühe aus Drei- und Vierecken, die doch das Typische der Gestalt festhielten. Jetzt brauchte sie noch die realistische Abbildung einer Ziege, ein Foto am besten, liegend. In den Tierbüchern, die in der Diele standen, fand sie nur stehende oder springende Ziegen in allen Größen, also musste sie es ohne Vorlage versuchen. Sie machte eine Probeskizze. Wenn sie den Kopf tief genug zeichnete, ergab sich ein Oval. Ein weißes Ziegenoval würde sie machen, in dem einige schwarze Linien die Konturen von Kopf und Beinen andeuteten.

Lebenslust, dachte Paula, als sie begann, die glatte Schicht aus Linoleum abzutragen. Lust zu leben, zu lachen und zu weinen. Zuerst arbeitete sie die Linien heraus, die farbig werden sollten. Drumherum konnte sie ein breiteres Messer nehmen.

Verbotene Lust, fiel ihr ein. Die Angst davor hatte ihre Existenz ins Wanken gebracht, als sie Kommunionkind war. Die Folge der Lust war nämlich die Todsünde gewesen, die einen Gottesraub nach sich zog. Und der Gottesraub war deshalb so schlimm, weil er nicht vergeben werden konnte, nicht in einer normalen Beichte.

Sie ist wieder zehn und geht jeden Samstag beichten. Und weil überall die verbotene Lust lauert, die durch unkeusche Gedanken, Blicke und Berührungen hervorgerufen wird, schafft sie es nicht, vom Samstagnachmittag bis zur Messe am Sonntagmorgen todsündenfrei zu bleiben. Dabei hat sie extra die geschnitzte Muttergottes mit dem nackten Jesuskind von der Wand genommen! Aber es gibt noch so viele andere Möglichkeiten, gegen das sechste Gebot zu verstoßen. Wenn ihr ein Junge auf dem Fahrrad entgegenkommt zum Beispiel, und sie nicht früh genug wegguckt, weil sie sehen will, ob man was sieht. Als sie noch nicht Kommunionkind war, hat sie im Sommer oft versucht, ihrem Bruder von unten in die Shorts zu gucken, denn offiziell hat sie keine Chance festzustellen, wie ein Junge aussieht. Zu Hause ist es streng verboten, sich nackt sehen zu lassen. Eine andere Möglichkeit, in Todsünde zu fallen, entsteht, wenn sie sich untenherum wäscht. Dazu noch all die Gedanken, die magisch von diesem Thema angezogen werden! So häuft sie mit jeder heiligen Kommunion einen neuen Gottesraub auf sich. Den sie am nächsten Samstag zusammen mit ihren anderen Sünden beichtet. Der aber nicht vergeben werden kann und darum den Stapel der Gottesraube weiter anwachsen lässt. An den Wochentagen zwischen Kommunion und nächster Beichte erweckt sie Liebesreue. Dieses besondere Gebet ist eine Insel im Meer der Not. Wenn sie es nämlich andächtig gesprochen hat, kommt sie sofort in den Himmel, sollte sie plötzlich von einem Auto überfahren werden oder vom Baum fallen und sich das Genick brechen. Trotzdem kommt man an der Beichte nicht vorbei. Nur wenn man irgendwo ganz allein wäre, in der Sahara zum Beispiel oder der Arktis, könnte man es bei der Liebesreue bewenden lassen.

Über den Linolschnitt gebeugt, hatte Paula vorsichtig die Ziege entstehen lassen, die auf der Platte als Vertiefung sichtbar wurde.

Das musste ein zähes Tier sein, klein aber zäh, denn es war schließlich all die Jahre nicht wirklich tot zu kriegen gewesen, trotz allem nicht. Vorsichtig schnitt sie das Auge zurecht und sah plötzlich das dunkelbraune Gitter aus diagonalen Holzleisten vor sich, nahm den undefinierbaren Geruch von Nähe und Distanz wahr, hörte den Priester sagen: „Dann kann ich dich nicht lossprechen von deinen Sünden, gelobt sei Jesus Christus."

„In Ewigkeit Amen", antwortet die Paula mit den stramm geflochtenen Zöpfen am Hinterkopf. Sie steht von der Kniebank des Beichtstuhls auf und geht steifbeinig an der Reihe von Kindern entlang, die noch auf ihre Beichte warten. Weiter hinten kniet sie sich in eine Bank.

Der Priester war diesmal aufmerksam geworden, statt der Sündenvergebung hatte sich die seit Wochen befürchtete Katastrophe eingestellt. Und das, obwohl sie die Unglückszahl Dreizehn überschlagen hatte. „Vierzehn Gottesraube", hatte sie so undeutlich wie möglich genuschelt und gehofft, dass der Geistliche auch diesmal nicht verstand, was sie sagte. Da hatte er nachgefragt! Das ganze Maß ihrer Verderbtheit war zutage getreten, und der Priester hatte die Sündenvergebung nicht ausgesprochen. Nicht mal ein Bußgebet hatte sie aufbekommen, was sie ziemlich dumm fand. Die großen Sünder mussten doch besonders viel Buße tun. Sie jedenfalls wäre dazu bereit gewesen.

Eigentlich hatte sie nicht glauben können, dass Gott ihr nicht verzieh, wo sie so oft die Liebesreue erweckte und auch sonst viel mit ihm sprach. Irgendwie hatte sie gefühlt, dass er sie verstand. Die Frage war nur, ob er sich an das hielt, was die Priester entschieden. Am Abend hatte sie blass und an den Zöpfen kauend am Tisch gesessen und keinen Hunger gehabt. Die Mutter hatte ihre Hand auf Paulas Stirn gelegt um festzustellen, ob sie Fieber hatte. Dann war sie vor ihr sitzen geblieben, hatte sie angesehen und schweigend gewartet, bis ihre Tochter stockend von der verpatzten Beichte berichtet hatte.

„Geh´ am nächsten Samstag zu einem anderen Priester", war ihr Rat gewesen. Und Paula hatte mit dem Mut der Verzweiflung am nächsten Samstag in einem anderen Beichtstuhl alle Stationen ihrer Verstrickung ausgebreitet, sogar die Lüge wegen der Unglückszahl Dreizehn. Die Antwort aus dem Gitter kann sie heute noch hören: „Was auch immer war, Gott vergibt dir alle deine Sünden."

So war ihre Welt wieder in Ordnung gekommen, aber der Schock saß tief. Sie sah keinem Jungen mehr auf oder unter die Hose und durch alle nackten Jesuskinder hindurch, als wären sie Luft. Sie wusch sich eine Zeitlang untenherum nicht und schlief konsequent mit den Händen über der Bettdecke, vorsichtshalber. Jeden Gedanken, von dem sie fürchtete, er führe sie in den Dunstkreis der verbotenen Lust, hatte sie mit brutaler Entschlossenheit abgewürgt. Keine Todsünde mehr, kein Gottesraub, endlich Frieden!

Paula blies die letzten Krümel aus den Vertiefungen der Platte und sah nach draußen, wo das Licht sanfter geworden war. Sie schloss einen Moment die Augen und versuchte, sich an das Gebet der Liebesreue zu erinnern. Es war sofort wieder da! Langsam und fehlerlos sprach sie es zur Traumziege herab, die auf der blauen Tischplatte lag und darauf wartete, in Erscheinung zu treten. „... alle Sünden meines Lebens sind mir leid von Grund meines Herzens,... verdient habe, von dir, meinem gerechten Richter, zeitlich oder ewig bestraft zu werden... dir, meinem größten Wohltäter, so undankbar gewesen bin... dich, den unendlich guten Gott beleidigt habe... "

Nicht zu fassen, über vierzig Jahre her, und sie erinnerte sich an jedes Wort!

Sie räumte die Messer in die Schublade, wischte die Krümel vom Tisch in den Papierkorb.

Zum Glück kamen Todsünden nebst Gottesrauben und Höllenstrafen in der heutigen Kinderkatechese nicht mehr vor.

Ein Blick auf die Uhr zeigte ihr, dass es viel später war, als sie gedacht hatte. Sie lief in die Küche und fing an, aus dem vom Mittagessen übrig gebliebenen Kartoffelpüree Bällchen zu machen. Mehl, Ei, eine klein geschnittene Tomate, Salz und Pfeffer. In der Pfanne braten, dazu Salat. Das Telefon klingelte. Lena! Vor Schreck und Irritation wurde sie rot. Aber es war nur der Friedhofsgärtner, der morgen nicht bei der Beerdigung sein konnte, aber für Ersatz gesorgt hatte. Sie solle es bitte ihrem Bruder sagen. Ein paar Sätze hin und her, dann legte sie auf, schrieb eine Notiz, damit sie es nicht vergaß.

Johannes kam, als die Kartoffelbällchen schon abkühlten und gerade die richtige Temperatur hatten. Er war müde, hatte Frau Braun die Krankensalbung gespendet, die den Kampf gegen den Krebs nun doch verloren hatte. Der Mann und die halbwüchsigen Kinder untröstlich. Ein Elend. Paula gab die Nachricht des Friedhofsgärtners weiter, machte ihm den Teller zurecht. Sie aßen langsam und schweigend.

Als Paula später die Küche in Ordnung brachte, wartete sie auf einen Anruf von Lena, fürchtete ihn aber gleichzeitig auch. Sie wusste nicht, was sie ihr hätte sagen sollen und war erleichtert, als das Telefon nicht klingelte.

In ihrem Zimmer walzte sie den Linolschnitt gründlich mit Farbe ein. Jetzt kam der spannende Moment des Drucks, denn ganz genau konnte man nie voraussagen, wie das gespiegelte Bild werden würde. Sie bedeckte die geschwärzte Platte mit einer weißen Schriftkarte, drückte gut an, zog die Karte vorsichtig ab. Einen Moment später sah sie mit Herzklopfen auf das Bild. Es zeigte ein weißes Ei, das von einer zusammengekauerten Ziege ausgefüllt wurde. Es war eindeutig eine Ziege, ein Ziegenembryo kurz vor der Geburt, umgeben von einem breiten Trauerrand. Enge drückte der fertige Druck aus, das passte zu ihrem Traum. Die kleine Ziege war zwar nicht fest verschnürt, aber eingepfercht. Sie musste befreit werden, geboren in diesem Fall. Gar nicht so schlecht! Die Farbe glänzte noch. Paula lehnte die Karte schräg an den Fuß der Schreibtischlampe. Da sah sie auf einmal das Auge. Mit dem Auge stimmte was nicht! Es war nicht normal geöffnet oder geschlossen, sondern irgendwie zusammengekniffen. Paula ging näher heran, aber da verlor sich der Eindruck. Sie tat einen Schritt zurück und sah es wieder. Es war, als würde die Ziege blinzeln. Sie kniff ihr ein Auge zu! Unglaublich! In der ersten Überraschung musste Paula lachen und blinzelte zurück. Machte die Ziege sich lustig über ihre Probleme? Sah aus, als würde sie ausgelacht.

Gut, dass sie den Linolschnitt von der Ziege eingepackt hat, denkt die Paula auf der obersten Treppenstufe, die immer noch die leere Kaffeetasse im Schoß hält. Sie braucht deren Augenzwinkern im neuen Leben genauso nötig wie im alten. Vielleicht besorgt sie sich einen Rahmen, einen großen, mit einem farbigen Passepartout. Dann hängt sie ihn ins vordere Zimmer, von dem aus man zum Landwehrkanal sehen kann, auf das Restaurantschiff, das nahe am Urbanhafen liegt und das im Dunkeln von Lichterketten umgeben ist. Der blaue Tisch mit dem passenden Stuhl kommt ins Zimmer nach hinten heraus, in dem sie auch schlafen wird, Wand an Wand mit Lena in der Wohnung nebenan. Dass sie die beiden Wohnungen in dem renovierten Haus gefunden haben, ist ein unglaublicher Glücksfall, findet Paula. Lena findet das auch, spricht aber augenzwinkernd von Beziehungen. Sie kennt ein paar Architekten, die Häuser sanieren. Lena ist übrigens perfekt im Zwinkern oder Blinzeln oder Augenkneifen.

Diese Erkenntnis hatte sie umgehauen, als sie vor der noch feuchten Traumziege stand, die am Lampenfuß lehnte und sich über sie lustig zu machen schien.
Lena und die Ziege hatten irgendwie miteinander zu tun! Wahrscheinlich hatte sie nur so träumen können, weil sie mit Lena befreundet war. Befreundet gewesen war. Tränen stiegen in ihr hoch. Aber Lena trat mit Füßen, was ihr heilig war!
Sie ging ins Bad und lag lange in der bis oben gefüllten Wanne, in die sie viel zu viel Badeextrakt geschüttet hatte. Auch diese Badefeste, wie sie sie nannte, waren eine Neuerung, die sie Lena zu ver-

danken hatte. Bei einem Einkauf mit ihr hatte sie die erste Badetinktur ihres Lebens gekauft. Es war noch gar nicht so lange her. Aus einer Laune heraus hatten sie sich im Laden für diesen Abend um zehn zum Schaumtelefonieren verabredet. Paula hatte es nicht wirklich ernst genommen, nur gerade so viel, dass sie das Telefon, dessen Schnur mit Ach und Krach reichte, neben die Wanne gestellt hatte. Um fünf nach zehn war Lena dran gewesen. Paula hatte dauernd gekichert, denn aus der Badewanne zu telefonieren, schien ihr völlig verrückt. Dazu kam, dass Lena offenbar Wein trank und immer lustiger wurde. Irgendwann hatte Lena „Moment mal" gesagt, woraufhin Paula sich vorgestellt hatte, dass sie tropfend durch die Wohnung lief. Kurz darauf war sie wieder am Telefon gewesen, allerdings schlechter verständlich. Wie sie sagte, hatte sie ein Buch mit Quatschgedichten geholt und suchte eins über einen Menschen, der badet, bestand darauf, dass es in dem Gedichtband vorkam. Paula hatte sie vor sich gesehen, wie sie in einem Berg aus Schaum, den Hörer zwischen Ohr und Schulter geklemmt, versuchte, möglichst nicht alle Seiten des Buches nass zu machen. Lena hatte viel geblättert, hin und wieder etwas vorgelesen, das immer wieder von Lachanfällen unterbrochen worden war. Den Text vom Menschen in der Wanne hatte sie nicht gefunden. So hatten sie es selber versucht. Reime badender Frauen. Und sich totgelacht.

Bis plötzlich an Lenas Ende ein Moment der Stille entstanden war. Dann hatte Paula sie mit veränderter Stimme sagen hören, „Sowas kann man mit keinem Mann machen, das geht wahrscheinlich überhaupt nur mit dir. Schön, dass es dich gibt."

Paula war ganz feierlich zumute gewesen. „Das find ich umgekehrt auch", hatte sie etwas hölzern erwidert. Woraufhin Lena ihr einen Kuss durchs Telefon geschickt und sich verabschiedet hatte. „Ich muss jetzt raus hier, das Wasser wird kalt. Schlaf gut!"

Paula war damals nicht gleich aus der Wanne gestiegen, hatte noch gefeiert mit frischem heißen Wasser und ungewohnten Düften.

Das war nun nicht mehr möglich, die Verbindung abgerissen, kein Grund zum Feiern mehr.

Paula ging zu Bett und konnte nicht schlafen.

Die Ehe war ein Sakrament! Aber wahrscheinlich war das für Lena gar nicht so. Sie und Bernd waren bestimmt nicht kirchlich getraut. Vielleicht glaubten sie an Gott, vielleicht aber auch nicht. Ganz sicher glaubten sie nicht an kirchliche Rituale. War es deshalb weniger schlimm für Lena, was sie gemacht hatte?

Für sie wäre es jedenfalls schlimm gewesen. Wie lange war das jetzt her? Paula rechnete und kam auf neunzehn Jahre. Damals war sie fünfunddreißig gewesen und trotz aller Unmöglichkeiten doch auch glücklich mit ihrem Organisten, nachdem sie es sich endlich gesagt hatten und obwohl es in dieser Zeit nicht einen einzigen Kuss gegeben hatte. Er war fast immer traurig gewesen, hatte gelitten wie ein Hund. „Sag mir, warum ich dich so lieben muss!" hatte er zu ihr gesagt, wenn sie mit den Blumen fertig gewesen und zu ihm auf die Orgelempore gekommen war, wo er übte und improvisierte. „Tut mir leid", hatte sie geantwortet und still neben ihm gestanden, „aber mich macht es froh. Weil ich dich nämlich auch liebe." - „Das ist ja das Allerschlimmste", hatte er gestöhnt, „da kommen wir nicht mehr raus." Dann war er meist aufgestanden und gegangen.

Es war ihr von Anfang an klar gewesen, dass sie auf einen verheirateten Mann verzichten musste. Dass er sich nicht von seiner Frau trennen durfte. Er sagte auch ganz offen zu Paula, dass er seine Frau und die Kinder liebe. Und doch war die Welt plötzlich verändert gewesen, weil da einer war, der voll Liebe an sie dachte. „Immer!" sagte er beinahe drohend. Dass er sich so quälen musste! Sie dachte auch voll Liebe an ihn. Morgens beim Aufwachen und dann den ganzen Tag. Immer mit diesem glücklichen Erschrecken. Weiter und tiefer war die Welt für sie durch ihn geworden, die Farbe des Lichts intensiver. Natürlich tat die Sehnsucht weh, aber sie wollte die alte Welt nicht zurück.

Für ihn war das anders, offenbar unerträglich. Sie erinnerte sich nur an eine kurze Zeit, in der er ein bisschen glücklich, ja beinahe ausgelassen gewesen war. In diesen wenigen Wochen hatte er in seine Improvisationen bei den Gottesdiensten ein Liebeslied einbezogen, kleine Stücke daraus beim Zwischengesang eingefügt, wieder aufgenommen zur Kommunion. Sie hatte jedes Mal vor Schreck den Atem angehalten, wenn es erklang. Kein Feuer, keine Kohle, kann brennen so heiß, als heimliche Liebe, von der niemand nichts weiß … Am nächsten Tag hatte er über ihre Angst gelacht und sie „Süße" genannt, was noch nie jemand vor ihm getan hatte.

Aber letztlich hatte er Angst gehabt. Zum Abschied hatten sie sich Steine geschenkt. Sein Rosenquarz lag seitdem auf der Fensterbank, gleich am ersten Fenster ihres Zimmers. Sie hatte für ihn einen Bergkristall ausgesucht.

Seine neue Adresse hatte er ihr nicht gesagt und sie hatte nicht gefragt. Aber am ersten Weihnachtsfest nach seinem Fortzug war Post gekommen. Es war eine Cassette, selbst aufgenommen. „Variationen zum Thema". Überall zwischen Bach und Händel, in kleinen Stückchen ihr Liebeslied.

Paula konnte nicht schlafen, suchte die Cassette, hörte die Musik und weinte lange.

Am nächsten Morgen sahen sie aus dem Spiegel geschwollene Augen an. In ihrem Alter kam abendliches Weinen bis zum nächsten Morgen nicht mehr von alleine in Ordnung. Aber Johannes merkte sowieso nichts, und es war nicht mit viel Publikumsverkehr zu rechnen. Dennoch wählte sie für die Frisur eine lockere Variante, bei der mehr Haare zu sehen waren. Das lenke vom Gesicht ab, hatte Lena gesagt, als sie mal einen Pickel auf der Stirn gehabt hatte. Lena! Hilflos starrte sie auf ihr Spiegelbild.

Das einzige, was den Tag von anderen unterschied, war, dass ihr bei allen möglichen und unmöglichen Anlässen die Tränen kamen. „Paula hat nah am Wasser gebaut", hatte ihre Mutter eine Zeit lang gesagt. Bis sie gelernt hatte, die aufsteigenden Tränen hinunterzuschlucken. Später waren keine mehr aufgestiegen. Vielleicht war da einiges nachzuholen. Oder vorzuholen. Je nach dem, ob die Vergangenheit oder die Zukunft betrauert werden sollte.

Und dann lag abends der Brief in der Diele. Ohne Briefmarke, was bedeutete, dass Lena ihn eingeworfen hatte.

Es war gegen sieben. Paula kam aus der Küche und war unschlüssig, ob sie noch mal mit dem Rad fahren oder lieber in ihrem Zimmer lesen sollte. Erschrocken hob sie den Umschlag auf und öffnete ihn. Zum Vorschein kam eine dieser hässlichen, vorgedruckten Postkarten, die auf einer Seite Linien für Adresse und Absender haben, während die andere einfach weiß ist. Auf der bedruckten Seite war ordentlich Paulas Adresse und Lenas Absender eingetragen. In das freie Stück darunter hatte Lena nur einen Satz geschrieben. „Wenn schon Freundin, denn schon Freundin" stand da in ihrer geraden Schrift. Mit einem Fragezeichen dahinter. Die andere Seite war weiß geblieben, schrecklich weiß und leer.

Paula spürte, wie sie rot wurde und blieb vor dem Fenster neben der Türe stehen. Das war der Satz, den sie im Fernsehturm gesagt hatte. Sie erinnerte sich genau. Darauf hatten sie dann getrunken. Wenn einer untreu war, dann nicht Lena.

Wie war es möglich, dass sie Lena so schnell aufgegeben hatte, wo diese Freundschaft so wichtig für sie war? Lag es daran, dass sie die Gebote noch wichtiger nahm? Verlangte der Glaube an Gott Opfer? Oder war ihre Rechtgläubigkeit Feigheit, mit der sie sich vor der Konfrontation schützte? Gab es vielleicht in ihr eine unterschwellige Angst vor der Freundschaft mit Lena?

Paula wusste die Antwort nicht. Vielleicht stimmte von allem etwas. Oder auch nicht. Es war ihr jetzt egal. Sie musste Lena anrufen! Das Telefon stand in der Diele, links neben der Korbgarnitur.

Paula setzte sich und wählte Lenas Nummer. In dem Moment, als sie deren Stimme hörte, spürte sie schon wieder die Tränen. Sie räusperte sich. „Hallo", sagte sie kleinlaut.

„Hei!" kam vom anderen Ende.

„Hab' deine Karte bekommen. Danke. Bin ziemlich durcheinander, weil ich nicht tue, was ich gesagt habe."

„Soll vorkommen."

„Können wir uns treffen und reden? Möglichst bald?"

„Wenn du willst, komme ich sofort."

Jetzt waren die Tränen oben angekommen, liefen über Paulas Wangen, sammelten sich in ihrer Nase. „Ich freu mich", sagte sie schniefend, „bis gleich."

„Bis gleich", hörte sie Lena sagen und legte auf.

Paula putzte sich die Nase, ging in ihr Zimmer, sah sich darin um. Alles war aufgeräumt. Auf ihrem Bett lag die Tagesdecke in warmen Brauntönen. Daneben das Bücherregal. In der Ecke, schon halb im Fenster, ein Korbsessel. Paula holte einen zweiten von seinem Platz neben dem Kleiderschrank, zog die Truhe vors Fenster. So konnte man sie als Tisch benutzen. Sie ging ein paar Schritte zurück, betrachtete die neu eingerichtete Sitzecke, war zufrieden.

In der Küche schüttete sie Früchtetee auf, zerteilte die letzte Tafel Schokolade, legte die Stücke auf ein Glastellerchen. Als das Tablett fertig war, klingelte Lena. Mit Herzklopfen öffnete Paula die Tür, unsicher, wie die Begrüßung ausfallen würde. Und musste schnell die vor Erleichterung aufsteigenden Tränen herunterschlucken, denn Lena umarmte sie ganz selbstverständlich. Bernd sei nicht zu Hause, sie habe Zeit.

Paula stieg mit dem Tablett vor ihr her die Treppe hoch und stellte es innen auf die Truhe. Lena war vor dem ersten Fenster stehen geblieben, fand die tiefe Fensterbank genial und die Aussicht ebenfalls. Ungeniert sah sie sich dann im Zimmer um, nickte. Paula sah, wie sie einen Moment stutzte, als sie die Ziegenpostkarte entdeckte, die immer noch am Lampenfuß lehnte. Später setzte sie sich in den Sessel, den Paula ihr anbot, und von dem aus sie bequem nach draußen sehen konnte.

Paula setzte sich ihr schräg gegenüber. Sie war befangen, schüttete Tee ein, nahm Zucker, rührte in ihrer Tasse.

„Ich bin weggelaufen wie ein erschrecktes Kind", sagte sie. „Tut mir leid. Bin nicht klargekommen, komme immer noch nicht klar."

„Was ist so schlimm?"

„Dass die Lena, die ich kennen gelernt habe und sehr mag" - Paula versuchte ein Lächeln, das ihr gelang und sie sicherer werden ließ – „eine solche Vergangenheit hat."

Jetzt lächelte Lena. „ ‚Solche' heißt ‚Hure'?"

Paula nickte. „Flittchen", sagte sie.

Lena sah in den Himmel oder auf den Kirchturmhahn.

Nach kurzem Schweigen begann Paula erneut: „Erzähl mir mehr, bitte! Ich laufe nicht wieder weg."

Lena wandte sich ihr zu, nickte, trank einen Schluck.

„Es treibt mich immer wieder um, vor allem die Frage, ob ich es Bernd sagen soll. Ich wünsche mir mehr Nähe mit ihm. Andererseits – nach so langer Zeit. - Die letzte Trennung war vor zwei Jahren. – Inzwischen ist alles Erinnerung. - "

Paula schwieg.

„Die Männer, in die ich mich so rettungslos verliebte, waren sich ähnlich, das ist mir inzwischen klar. Und immer ergab es sich unvorbereitet, ohne dass ich danach gesucht hätte. Beim ersten Mal war es ein Kollege von auswärts. Ich war voller Staub, kletterte von der Leiter. Zwei ruhige Augen. Kaffee aus der Thermoskanne. Ein lockeres Gespräch zuerst, das sich ausdehnte und intensiver wurde. Dieser Ernst, der wie eine Verheißung war und mir den Boden unter den Füßen wegzog. - Immer dieser Ernst. - Es war ganz selbstverständlich, dass wir uns wieder sahen. Jedes Mal wurde es selbstverständlicher. Irgendwann brachte die innere Nähe die äußere Distanz zum Einsturz. Fegte alles weg. Ich fühlte mich nicht schuldig. Die Einheit von Innen und Außen war umwerfend."

Sie machte eine Pause, nahm ein Stück Schokolade, sah einen Moment nach draußen.

„Damals habe ich mir gewünscht, ich könnte verschleiert herumlaufen wie die Frauen früher. Weil ich meinte, man müsste es mir ansehen. Als ginge ein Strahlen von mir aus."

Wie Moses, dachte Paula, als Gott an ihm vorbeigezogen war, und stand hilflos vor der Konsequenz aus dieser Parallele.

Wie eine Antwort auf ihre Gedanken sagte Lena:

„In diesen Zeiten habe ich fraglos an Gott geglaubt."

Wieder entstand eine Pause, in der Lena sich zurücklehnte und die Augen schloss.

„Und trotzdem verendeten alle diese Wunder nach mehr oder weniger langer Zeit am Ungleichgewicht. Die Gespräche wurden nichtssagend, die Zärtlichkeit verlor sich, während der Sex für die Männer immer wichtiger zu werden schien. Für mich wurde er seelenloser, gottloser könnte ich auch sagen."

Lenas Augen waren immer noch geschlossen. Das Licht fiel auf die Trauerfalten um Mund und Kinn, zählte die Krähenfüße in den Augenwinkeln, aus denen die Ironie verschwunden war.

Beide schwiegen eine Weile. Dann setzte Lena sich gerade hin und öffnete die Augen. Sofort war ein Anflug von Spott in ihrem Gesicht.

„Aber das ist jetzt vorbei. Es passiert mir nicht wieder. Darum frage ich mich ja auch, ob ich es Bernd endlich sagen soll. Weil es uns näher bringen würde, wenn wir es gemeinsam durchstünden. Wenn, was allerdings die Frage ist."

„Du liebst ihn immer noch?"

„Ja, ich habe ihn auch geliebt in den Zeiten, in denen ich mit anderen glücklich war. Aber ob er das glauben kann?"

Sie sah wieder aus dem Fenster. „Ich hatte nie das Gefühl, ihm untreu zu sein. Komisch, nicht?"

Gedankenverloren nahm sie das letzte Stück Schokolade, steckte es in den Mund.

„Wo fängt Untreue an, wo hört Treue auf", fragte sie kurz darauf.

„Hast du es gesagt? Ich meine den Männern, in die du verliebt warst, dass du deinen Mann weiterhin liebtest?"

Lena sah Paula überrascht an. „Das fällt dir als erstes dazu ein?"

„Wahrscheinlich hat es mich im umgekehrten Fall so beeindruckt."

„Du hast dich also mal in einen verheirateten Mann verliebt, der so schonungslos dir gegenüber war? Ich hab's übrigens auch gesagt."

„Damals habe ich gedacht, es müsste gerechterweise auch Treue der neuen Liebe gegenüber geben. Dass er es seiner Frau gesagt hätte. Nicht als Beichte, mehr als Einweihung in eine Fügung des Schicksals."

„Welcher Partner hält das aus?"

„Ich weiß es nicht. Es ist wahrscheinlich ein zu hoher Anspruch. Aber es würde die Beteiligten ernst nehmen. Allerdings kann ich nicht mitreden, weil ich ja nicht verheiratet bin."

Lena schüttelte langsam den Kopf.

Paula verteilte den Rest Tee. „Hat Bernd andere Frauen geliebt?"

„Er hatte immer seinen Sport. Ich hätte es gemerkt."

„Und wenn er es auch gemerkt hat?"

„Manchmal hatte ich den Verdacht. Das würde bedeuten, dass er nichts wissen will. Was zu ihm passen würde. Er geht am liebsten mit einem Witz über alles hinweg. Aber das könnte ich bei diesem Thema nicht ertragen."

„Heißt das, du würdest ihn überfordern, wenn du es ihm sagtest?"

„Heißt es das? Ich weiß es nicht. Ich frag' mich, ob ich feige bin."

Lena sah auf ihre rechte Hand, die auf der Sessellehne lag, schmal und gepflegt. Vor dem Ehering steckte ein anderer mit einem schwarzen Stein. Nachdenklich sah sie Paula an.

„Wie habt ihr eure Liebe gelebt?"

„Wir haben es ausgesprochen. Das war schon viel für uns. Nebeneinander gesessen haben wir, uns manchmal an den Händen gehalten. Sonst gab es keine Zärtlichkeiten, außer Blicke und Worte. Er war Organist an unserer Kirche. Manchmal hat er für mich gespielt. Es war eine intensive Zeit, in der Glück und Schmerz zusammengehörten. Für ihn war es unerträglich. Er ist mit seiner Familie in eine andere Stadt gezogen."

„Deinetwegen?"

Paula nickte und holte den Rosenquarz von der Fensterbank, legte ihn auf die Truhe. „Sein Abschiedsgeschenk", sagte sie.

Es war ein großer, ungeschliffener Stein. Trotz seines Gewichts wirkte er leicht durch die zartrosa Färbung.

Lena nahm ihn in die Hand, betrachtete ihn aufmerksam. „Schwer", sagte sie „und wunderschön!"

Sie legte den Rosenquarz auf die Truhe zurück, betrachtete die Bauernmalerei auf dem Deckel und fragte auf einmal: „Was ist da eigentlich drin?"

Paula musste über die unverhohlene Neugier lachen, die in ihrem Gesicht stand, räumte den Deckel leer und öffnete ihn.

In der Kiste standen sauber aneinander gelehnt und nach Größen sortiert die Linolschnittplatten mit den Drucken dazwischen.

„Eine Schatzkiste!", rief Lena aus.

„Ein Sarg", erwiderte Paula.

Lena überhörte die Bemerkung und bat sie, ihr einige Drucke zu zeigen.

„Sie sind das nicht gewohnt", sagte Paula, zog aber ein Blatt nach dem anderen aus der Versenkung. Nach wenigen Minuten lagen die Linolschnitte um sie herum, bedeckten Boden, Truhe und Fensterbank.

Paula war überrascht von ihren eigenen Arbeiten. Alte, in Vergessenheit geratene Bekannte mit ihrer jeweiligen Geschichte standen plötzlich vor ihr. Hin und wieder erzählte sie Lena davon, die schweigend ein Bild nach dem anderen betrachtete.

„Ziemlich viel Stille", meinte sie dann und sah lange auf ein Wasserbild, wie Paula es genannt hatte. Ein paar Kreise waren zu sehen, vielleicht von einem Stein, an den Seiten aufsteigende Linien, Schilf ähnlich.

„Viel zu schade, um in der Kiste zu verschwinden." Sie erzählte von zwei Ausstellungen, die sie mit ihren Aquarellen in Potsdam gehabt hatte. Die eine in einem Kunstcafé, die andere in einer Bank. „Das wäre was für dich!", sagte sie, aber Paula winkte ab.

„Ich gehe nicht mit meinen Bildern unterm Arm hausieren, da muss man schon Beziehungen haben."

„Vielleicht über das Architekturbüro, in dem Bernd arbeitet." Lena überlegte. „Du stellst in Potsdam aus!", rief sie dann.

Paula schüttelte den Kopf. „Ist viel zu umständlich und kostet einen Haufen Geld. Und das alles um meine Eitelkeit zu befriedigen."

„Deine Kreativität geht der Welt verloren!"

„Sei nicht so theatralisch!"

Sie lachten beide, sahen sich an.

Lena ging zu den zwei Linolschnitten, die über Paulas Bett hingen. „Warum hast du gerade diese aufgehängt?"

Paula stellte sich neben sie. „Mein erster Versuch. Ich war damals fasziniert von der Wiederholbarkeit, darum doppelt.

„So gut, gleich beim Ausprobieren?"

„Ich hatte einen besonderen Lehrer."

„Schon wieder ein Geheimnis?"

Paula nickte. „Aber nicht heute", sagte sie fast erschrocken. „Heute bin ich erst mal froh, dass du sofort gekommen bist."

„Wir haben noch jede Menge Zeit", fand Lena.

Paula streicht die Haare hinter die Ohren, schließt die Augen. Ehebruch als Gotteserfahrung! Es ist alles viel komplizierter, als sie früher gedacht hat. Gebote und ihre Übertretungen. Richtig und Falsch. Schuld und Unschuld. Alles ist fließend. Nichts gilt grundsätzlich, nichts ein für alle mal! Höchstens könnte sie den berühmten Satz des Augustinus gelten lassen: „Liebe, und tu, was du willst." Aber dann fängt sie erst recht an zu schwimmen.

Sie sieht ein Foto vor sich. Es zeigt einen Abendhimmel, leicht rosa mit kleinen hellgrauen Wolken. Die Linie des Horizonts dunkel. Und darunter, gespiegelt, noch einmal das genaue Abbild in denselben Abendfarben. In der Mitte zwei rote Sonnen, klar umrissen, eine über, die andere unter dem Horizont.

Ein unwirkliches Foto. So kommt ihr manchmal ihre Zukunft vor. Weiß sie, wo oben und unten ist? Hat sie einen festen Standpunkt?

8

Als sie das Foto gemacht hat, war sie auf Lenas Boot. Wenn man ganz genau hinsieht, kann man unten links ein kleines Stück Reling erkennen. Sie lagen in einer Bucht vor Anker. Eigentlich nichts Besonderes, an vielen Abenden auf Seen und Flüssen kann man ähnliche Fotos machen. Aber für Paula war es absolut unglaublich gewesen.

Unglaublich, mit Lena eine Woche lang auf dem Wasser zu leben! Morgens vom Getröte der Enten und Wasserhühnchen zu erwachen! Es konnte nur ein Traum sein!

Aber auch, wenn sie die Augen schloss, spürte sie das leise Schwanken des Bootes, roch den Fluss, ein Gemisch aus Fauligem und frischer Brise. Auf einer dreieckigen Matratze lag sie im Vorschiff und dümpelte auf der Havel, deren Namen sie vorher nur vage aus dem Gedicht über Herrn von Ribbeck gekannt hatte. Wenn sie sich aufsetzte und aus einem der Fenster sah, drehte sich die Welt langsam und präsentierte dabei viel Schilf, ein paar Pappeln vor einem Hügel und hin und wieder ein vorbeifahrendes Boot. Dazu ein Gewusel von Wasservögeln. Manchmal klopfte ein Schnabel an die Bootswand. Es kam ihr absolut verrückt vor, unvorstellbar. Die Wirklichkeit war ein Traum, in den sie hinein stieg und sich mit einer Tasse Kaffee aufs Achterdeck setzte, unter dem Lena noch schlief. Lena stand regelmäßig später auf.

Für Lena war alles ganz normal. Sie amüsierte sich über Paula, die plötzlich hochsehen und sagen konnte: "Dass es sowas gibt! Eine andere Welt!"

„Es gibt so viele Welten", hatte Lena eines Abends geantwortet. Sie war damit beschäftigt gewesen, den Klapptisch aufzustellen und das Kartenspiel zu holen, denn sie hatten begonnen, abends Canasta zu spielen. Paula lehnte an der Schiebetür und sah zu, wie am Ufer die Lichter angingen, oder folgte mit den Augen den grünen und roten Positionslampen der wenigen vorbeifahrenden Boote.

„Unendlich viele", kam ihre verspätete Antwort. „Jeder Mensch ist schon eine und dann macht er sich seine und richtet sich darin ein."

„Oder verlässt sie wieder und baut sich eine neue Welt."

„Jemand könnte auf die Idee kommen, sich für immer in einem Boot einzurichten."

Lena sah kurz zu Paula hoch, während sie die Karten mischte.

„Kein fester Wohnsitz. Es wäre im Winter auch viel zu kalt."

Paula schob die Tür zu und ging in die Kombüse, um eine Rotweinflasche zu entkorken. Einen Augenblick später stand sie mit dem Korkenzieher in der Hand da und sagte: "Man müsste in den Süden fahren. Nach Frankreich, auf die Rhone und dann ins Mittelmeer. Marseille. Marseille soll einen wunderschönen Hafen haben." Sie sah zu Lena hinüber, die schon auf der Polsterbank saß und austeilte.

„Abgemacht! Und dann knacken wir eine Bank und lassen es uns gut gehen."

„Nach Marseille könnte man fahren." Paula gab noch nicht auf.

„Aber Schätzchen, das meinst du doch nicht wirklich!?"

Paula stellte die Gläser auf das Tischchen, die Flasche auf den Boden. „Nicht wirklich wirklich." Vor Lenas nüchternem Realitätssinn verließ sie der Mut.

„Bist du dein Leben lang nicht raus gekommen aus deiner Welt?"

„Ich hab' immer in derselben Atmosphäre gelebt, wenn man Welt so charakterisieren will."

„Kein Ausbruchsversuch? Wie haben sie dich so zahm gekriegt?"

Paula prüfte, ob die Fliegengaze überall festhielt, die sie wegen der Mücken vor das Fenster zum Achterdeck geklettet hatten.

Die Voraussetzung für einen Ausbruchsversuch wäre gewesen, dass sie sich als Gefangene gefühlt hätte. Aber so war sie sich nicht vorgekommen. Fest eingebunden in kirchliche Rituale, war ihr das Leben mit Mutter und Bruder sinnvoll erschienen. Glücklich war sie nicht gewesen, aber auch nicht unglücklich. Es hatte klare Orientierungen gegeben, an die sie sich halten konnte, in denen sie sich eingerichtet hatte. Ein vernünftiges Mädchen, eine tüchtige Krankenschwester, eine zuverlässige Mitarbeiterin in der Gemeinde.

„Du fängst an!"

Paula zog den Sessel heran und ordnete in ihrer Linken die Hilfskarten zur einen, Bube, Dame, König, As zur anderen Seite, dazwischen die Zahlen. Langsam bekam sie Übung. Kartenspiele waren in ihrer Familie verpönt gewesen als sinnlose Zeitverschwendung und darum nicht vorgekommen.

„Ich mach' dich alle!" Das war die typische Herausforderung, mit der Lena das Spiel eröffnete. Am Anfang hatte Paula die Veränderung gehasst, die von Lena Besitz ergriff, wenn sie Karten spielte. In Siegerpose saß sie ihr gegenüber, raffiniert auf ihren Vorteil bedacht und knochenhart zu Paula, die sich über so viel Schonungslosigkeit beklagte. Lena ließ sich nicht erweichen. Manchmal war Paula drauf und dran gewesen, ihr die Karten vor die Füße zu werfen. Inzwischen war ihr Ehrgeiz geweckt. Ein paar Mal hatte sie schon gewonnen, einmal haushoch. Dann war sie hin- und her gerissen zwischen Triumph und Mitleid, wenn sie zusah, wie Lena ihre Minuspunkte zählte. Lena verabscheute Mitleid. Sie hatten sich gestritten deswegen. „Du, mit deinem ewigen Altruismus. Kannst du nicht wenigstens beim Canasta mal egoistisch sein?!" Paula verstand einfach nicht, dass ein lächerliches Päckchen Karten so intensive Gefühle auslösen konnte. Nicht nur bei Lena, zunehmend auch bei ihr.

„Sieh dich vor, Kanaille!!" Bald saß sie mit roten Ohren vor dem Klapptisch und fieberte nach dem Kartenstapel. Weit nach Mitternacht wollte sie noch Revanche.

Selbst das Kartenspielen war eine eigene Welt mit Regeln, Ritualen und typischen Gefühlen.

Lenas Frage hatte sie nicht losgelassen. Sie wusste, wodurch sie so zahm geworden war. War es doch ein Ausbruchsversuch gewesen?

Aus dieser vorgezeichneten Zukunft, von der ihre Mutter oft und stets mit kaum unterdrückter Begeisterung gesprochen hatte? „Johannes wird Priester und du begleitest ihn!" Wahrscheinlich würde Lena es so nennen.

Lena, die bis heute nicht verstand, dass eine Mutter solche Zukunftsvisionen haben konnte.

„Wollte sie denn keine Enkelkinder?", hatte sie ausgerufen, als Paula ihr davon erzählt hatte. „Das ist doch Schwachsinn, dass du ihn auch noch begleiten solltest. Dann hättest du doch gleich ins Kloster gehen können!"

Paula hatte ihr nicht erklären können, dass es für ihre Mutter kein größeres Glück hatte geben können, als Gott einen Priester zu schenken. Dass es ihr Beitrag zur Rettung der Welt war. Und dass diesem Lebenswerk alles zu dienen hatte. Auch die Tochter, die sich glücklich schätzen konnte, ihrem Bruder seinen verantwortungsvollen Dienst zu erleichtern.

Mehr hatte die Mutter vom Leben nicht gewollt. Und so war es nur folgerichtig, dass sie begann, sich auf den Tod vorzubereiten, als ihre Vision sich erfüllt hatte, ihr Auftrag ausgeführt war. Während Johannes und Paula darauf warteten, dass sie zu ihnen ins Pfarrhaus zog, begann sie zu kränkeln, überließ Onkel Toni die Auflösung des Fuhrunternehmens, den Verkauf des Hauses und zog - vorübergehend, wie es zuerst hieß - zu ihm und ihrer Schwägerin. Wahrscheinlich hatte sie Angst, als kranke Frau ihren Sohn bei der Ausübung seiner Berufung zu behindern. Sie starb mit 61 Jahren, nachdem sie sich standhaft geweigert hatte, einen Arzt aufzusuchen.

Um ein Haar hätte Paula damals die Pläne ihrer Mutter zum Einsturz gebracht. Aber ein Ausbruchsversuch? Unbewusst vielleicht. Das Ausscheren aus der mütterlichen Zukunftsvision wäre nur die Folge gewesen. Die Folge des Glücks, das sie berührt hatte. Von dem sie mehr gewollt hatte. Und aus dem Unglück geworden war. Schuld. Entsetzen. Trauer.

Es war ihr auf dem Boot nicht möglich gewesen, mit Lena darüber zu sprechen. Stattdessen hatte sie die letzten beiden Nächte auf dem Wasser kaum geschlafen, war immer wieder aus wirren Träumen aufgeschreckt, voll von Schuldgefühlen. Sie hatte Johannes allein gelassen! Sie war egoistisch, vergnügungssüchtig! Und Johannes beschwerte sich nicht, obwohl er sie brauchte. Bestimmt kam er mit der Frau nicht zurecht, die sie als Vertretung fürs Büro engagiert hatte. Wenn er Bronchitis bekam, einen Asthmaanfall?!
Während sie beim Knarren der Ankerleine auf den kleinen Ruck gewartet hatte, der entstand, wenn das Boot die Richtung wechselte, war es ihr absurd vorgekommen, in der Dunkelheit auf der Havel zu ankern. Was machte sie da eigentlich? Voller Angst hatte sie auf den Wind gehorcht, auf das harte Klacken der kleinen Wellen gegen den Bootsrumpf, bemüht, nicht in Panik zu geraten. Hoffentlich passierte nichts Schlimmes!
Wie damals mit Robert. Als sie angefangen hatte, an ihr Glück zu glauben, sich ihrer Sehnsucht zu überlassen. „Komm doch noch mal!" Er war am Tag vorher da gewesen und hatte sich verabschiedet. Sein Lachen am Telefon. Sie hatte sein Gesicht vor sich gesehen, die Augen geschlossen.
„Bin ziemlich knapp in der Zeit, Linchen", hatte er gesagt und wieder dazu gelacht. Er nannte sie Paulinchen seit diesem Sommer, sie verzärtelte seinen Namen auf italienisch, Robertino, Tino.
„Nur ganz kurz!" Sie kannte sich selbst nicht mehr. „Für einen Kuss." Er sah ja nicht, dass sie rot wurde. So lange küssten sie sich noch nicht.
„Oder zwei, oder drei! Ich leih mir das Mofa, fahr in fünf Minuten los. Zum dicken Baum?"
„Zum dicken Baum", hatte sie geantwortet und ihr Fahrrad geholt. Sie hatte ihm eine dünne Silberkette gekauft, die wollte sie ihm mitgeben auf die Reise zu seinen Eltern nach Bayern. Er würde es ihnen sagen. „Ich habe mich unsterblich verliebt", würde er sagen.

Oder „Ich liebe Paula und werde sie heiraten". Oder „Paula und ich sind ein Liebespaar. Für immer und ewig."

Es wusste noch niemand. Seit dem Sommer war es ihr Geheimnis gewesen, das sie beide nicht fassen konnten. Obwohl sie sich schon so lange gekannt hatten! Und dann war es auf einmal passiert. Als hätten sie sich zum ersten Mal gesehen. Überwältigend, unfassbar, ein Wunder.

Der dicke Baum war knapp zehn Minuten von Paulas Elternhaus entfernt, wenn man mit dem Rad fuhr. Er stand hinter der Reihe von Bäumen, die den Feldweg nach Krefeld begrenzten. Ein Trampelpfad führte zu dem umgekippten Stamm davor, ihrer Bank, an der sie sich oft getroffen hatten, geredet, geschwiegen, Händchen gehalten. Und zum ersten Mal geküsst, vor sieben Tagen.

Sie war so schnell gefahren, dass sie schwitzte, blies sich eine Strähne aus dem Gesicht, lehnte ihren Rücken gegen den glatten Buchenstamm. Dachte an ihn und horchte auf das Motorengeräusch des Mofas, das bald leise beginnen und immer lauter werden würde. Sie würde ihm die Kette um den Hals legen und zur Besiegelung würde sie ihn küssen und er sie. Sie wollte noch einmal schwindelig werden vor Glück.

Wenn er aus Bayern zurück war, würden sie es der Mutter und Johannes sagen. Hand in Hand. Sie stellte sich die Überraschung auf den Gesichtern vor, dann Freude, vielleicht auch Unverständnis. Aber einen besseren Schwiegersohn und Schwager konnten sie sich ja gar nicht wünschen. Sie fühlte seine Hand in ihrer.

Aber dann war ihr aufgefallen, dass er sich verspätete, mindestens eine Viertelstunde, zwanzig Minuten, eine halbe Stunde. Wo er doch so eilig gewesen war! Vielleicht hatte er das Mofa nicht bekommen und fuhr jetzt mit dem Rad. Nahm einen späteren Zug. Oder kam vielleicht gar nicht? Meldete sich unter einem Vorwand von unterwegs? Beunruhigt stand sie auf, nahm das Fahrrad. Sollte sie ihm entgegen fahren oder nach Hause? Sie entschied sich für den Weg nach Krefeld, fuhr langsam, wurde schneller. Irgendetwas stimmte nicht. Dann hatte sie das Martinshorn gehört und es sofort gewusst. Als sie am Krankenwagen angekommen war, schoben sie ihn gerade hinein. Sie hatte das Rad auf den Grünstreifen geworfen. „Er ist mein Freund! Wir waren verabredet!" Man hatte sie mitfahren lassen, still in eine Ecke gequetscht. Vor lauter Geräten und hektischem Hin und Her konnte sie sein Gesicht nicht sehen.

Im Krankenhaus war sie für die Formalitäten verantwortlich gewesen. Name, Geburtsdatum, Staatsangehörigkeit. Dann hatte sie gewartet. Später kam der Arzt und sagte ihr, dass sie Robert nicht hatten retten können.

Zu Hause war ihr aufgegangen, dass sie schuld war.

Auf Lenas Boot hatten sich die Ängste der Nacht vertreiben lassen wie der Nebel, der über dem Wasser lag. Allein auf dem Achterdeck, fand sie zurück in den Traum, der Wirklichkeit war. Sah Inseln im Fluss, der sich seitwärts verzweigte, und Wildgänse ganz in der Nähe. Sie konnte das Muster ihrer Federn erkennen, lauschte ihrem Gekakel. Manchmal stieg ein Pulk plötzlich auf, und Paula hörte das Sirren der Luft, wenn die Flügel sie durchschnitten. Fast gleichzeitig, die Köpfe in eine Richtung, ließen sie sich an anderer Stelle nieder. Wenn ihre Schreie verklungen waren, lag Stille über der Welt. Der Himmel spiegelte sich vor ihr und sie schwamm mitten durch weiße Wolken.

Wenn sie in Berlin wohnt, werden sie bestimmt ab und zu nach Potsdam zu Lenas Boot fahren. Vielleicht sollte sie auch einen Bootsführerschein machen. Inzwischen hat sie schon viel gelernt. Weiß, was beim Schleusen zu tun ist, kann mit dem Haken umgehen, die wichtigsten Knoten machen. Im letzten Frühling hat sie mit Lena ein zweites Mal Bootsferien gemacht. Und es war genauso unglaublich, nur anders. An der alten Grenze entlang sind sie nach Berlin gefahren. Glienicker Brücke, Heilandskirche, Pfaueninsel, Wannsee und von Spandau in die Spree zur Anlegestelle am Charlottenburger Park. Sie hat es auf den Wasserkarten genau verfolgt. Später, nach Schloss- und Parkbesichtigung, sind sie auf dem Landwehrkanal mitten durch die Stadt geschippert. Man konnte vom Boot aus die Siegessäule sehen. Zwei Tage am Urbanhafen in Kreuzberg. Straßencafés, die vielen Schwäne, die beim Aufsteigen mit ihren Flügeln aufs Wasser schlugen und dabei einen Riesenkrach machten, das Restaurantschiff gleich gegenüber. Da hatten sie noch nicht gewusst, dass sie in absehbarer Zeit dort wohnen würden.

Ob Hannes sie irgendwann in Kreuzberg besuchen wird? Hannes, der sie ein zweites Mal schuldig gesprochen hat, ohne mit ihr zu reden. Schuld spielt eine große Rolle im Christentum. Schuld und Erlösung. Paula glaubt das alles so nicht mehr.

Auf der Rückfahrt hatte sie endlich den Mut gehabt, Lena von den Ereignissen um Roberts Tod zu erzählen. Nicht gleich, sie brauchte den Weg bis zur Autobahn zum Abschiednehmen, bat Lena manchmal, langsam zu fahren. Auf Brücken vor allem, von denen man weit übers Wasser sehen konnte.

Kurz vor der Elbe hatte sie zu sprechen begonnen. Dass sie Robert schon lange vorher gekannt hatte, weil er Johannes' einziger Freund gewesen war, der häufig nach der Schule mit zu ihnen kam. So oft, dass er fast ein Familienmitglied gewesen war. Blieb in Krefeld wohnen, als seine Eltern nach Süddeutschland zogen, ein Jahr vor seinem Abitur. Später hatte er in Düsseldorf die Kunsthochschule besucht.

„Er war groß, dunkel und still. Wer ihn nicht kannte, konnte meinen, er sei schüchtern, aber das stimmte nicht." Paula schwieg einen Moment, suchte nach Worten. „Er hatte einen Blick für Menschen und Situationen, für unfreiwillige Komik, erfasste Stimmungen schnell. Aber er behielt das meiste für sich. Sein Schweigen war allerdings anders als das von Johannes. Bei Johannes hatte es einen Beigeschmack von Überheblichkeit. Er schien immer alles schon zu wissen, sein Sprechen empfand ich oft, als ließe er sich herab." Sie stutzte, dachte einen Moment nach und sagte dann: „Was sich bis heute nicht geändert hat."

Sie sah zu Lena, die nickte.

„Hinter Roberts Schweigen lag ein Lachen auf der Lauer. Ich entdeckte es in dem Sommer, als wir uns ineinander verliebten."

Paula hatte eine Pause gemacht, aus der Wasserflasche getrunken, in Gedanken bei diesen wenigen Wochen Ferienzeit vor fast dreißig Jahren.

Sie hatte nicht im Krankenhaus arbeiten müssen, Robert nicht in der Schule, in der er sein Referendariat machte. Johannes wohnte zu Hause, weil er als Ferienvertretung in einer kleinen Pfarre ganz in der Nähe arbeitete.

„Die Engländer nennen es ‚to fall in love'. So war es für mich."

Paula sah die Landschaft nicht, die vorbei flog. Auch Lena schwieg. „Übrigens lernte ich in dieser Zeit, Linolschnitte zu machen", sagte sie nach einer Weile in Lenas Richtung. Die wandte ihr ein aufmerksames Gesicht zu und nickte wieder.

„Für Robert und mich war klar, dass es unser Geheimnis war und zuerst auch bleiben sollte. Und tatsächlich merkte es niemand. Die Ferien gingen zu Ende und mein Leben war plötzlich aufregend. Heimliche Treffen, postlagernde Briefe, geflüsterte nächtliche Telefonate. Besuche aus fadenscheinigen Gründen. Ich war glücklich. Das ging so bis zu den Herbstferien, in denen Robert seine Eltern besuchen und ihnen von uns erzählen wollte. Aber dazu kam es nicht mehr."

In nüchternen Sätzen schilderte Paula die Katastrophe, die sich ereignet hatte, schloss mit der Erkenntnis ihrer Schuld.

„Nicht nur, dass ich der Auslöser für seine Fahrt mit dem Mofa gewesen war, die ihm den Tod brachte. Alles, was ich zu Hause erzählte, schien meine Unreife und Verantwortungslosigkeit zu offenbaren."

Sie hatte am unteren Ende der Stufen gestanden, die gleich hinter der Haustür begannen, während Mutter und Bruder vom darüber liegenden Flur auf sie herabgesehen hatten. Die Mutter verärgert, weil sie sich wegen Paulas stundenlangem Verschwinden Sorgen gemacht hatte. „Robert ist tot", hatte Paula endlich herausgebracht. Johannes hatte den Kopf geschüttelt. „Der sitzt im Zug nach München." Als sie Einzelheiten berichtete, begannen sie, ihr zu glauben. Fragten erschrocken den Hergang aus ihr heraus. „Wieso wolltet ihr euch treffen, er war doch gestern noch hier?" Ihr wunderbares Geheimnis hatte sich vor ihren Augen in Heimlichtuerei verwandelt.

„Ich war schuld, hatte alles falsch gemacht, mich ihm an den Hals geworfen. Darum das schreckliche Ende."

„Aber das hast du nicht wirklich geglaubt!" Lena war entsetzt.

„Irgendwie schon. Aber lange war nur Nebel um mich herum. Alles, was ich zu denken versuchte, wurde unscharf, konnte so oder ganz anders gewesen sein. Wahrscheinlich lag es an dem Fieber, das ich bekam, und dessen Höhe und Dauer sogar den Arzt beunruhigte. Es machte mir die Fahrt zu Roberts Eltern und seiner Beerdigung unmöglich. Ich weiß bis heute nicht, ob Johannes ihnen etwas von Roberts Liebe zu mir gesagt hat. Wahrscheinlich nicht. Es gab eine Zeit, in der ich sie besuchen und ihnen alles erzählen wollte. Aber ich habe nur sein Grab besucht, sobald ich wieder gesund war."

„Hast du mit niemandem darüber gesprochen?"

„Ich habe gebeichtet. Dass ich schuld am Tod eines geliebten Menschen sei. Der Geistliche wollte die Todesursache wissen. Als er erfuhr, dass es ein Verkehrsunfall gewesen war und ich dem geliebten Menschen nicht etwa ein Messer in den Bauch gerammt hatte, fragte er nicht weiter. Es war in Kevelaer und damals Hochbetrieb vor den Beichtstühlen."

„Ach, du heilige Scheiße!" Lenas Rechte legte sich einen Moment auf Paulas Rücken, aber Paula musste so über ihre Bemerkung lachen, dass sie keinen Trost mehr brauchte.

Sie lachten beide, bis ihnen die Tränen kamen.

Wie war das möglich? Dass da jemand war, der ihre schlimme Geschichte ganz ernst nahm, und sie beide trotzdem mittendrin in Lachen ausbrechen konnten? Und dass es gut war?

„Wie soll man leben, ohne schuldig zu werden?", sagte Lena, als sie sich beruhigt hatten. „Aber es fällt mir schwer, in der Geschichte deine Schuld zu finden. Du warst jung, voll Verlangen und mutig genug, deine Wünsche zu äußern."

Paula hatte geschwiegen, war ins Grübeln geraten. Wenn zum Menschen die Sehnsucht nach Liebe, nach Nähe und Sexualität gehörte, war es dann nicht der Wille Gottes, dieser Sehnsucht zu folgen? Zu Hause war viel über den Willen Gottes geredet worden. Sie wäre damals fast verrückt geworden vor der Frage, ob es Gottes Wille sein konnte, dass Robert gestorben war.

Zum Glück brauchte Lena einen Kaffee, bog in die Einfahrt zu einer Raststätte und beendete damit Paulas Grübeleien. Den Rest der Fahrt verbrachten sie mit weniger anstrengenden Gesprächen.

Paula macht ihre Rechte zur Faust und schlägt leicht gegen das hölzerne Treppengeländer, riecht auffliegenden Staub. Je mehr sie darüber nachdenkt, desto unverständlicher wird ihr, dass weder Mutter noch Bruder mit ihr gesprochen haben. Und wie ist es möglich, dass Hannes sein ganzes Leben lang vor sich hin schweigt! Merkt er nicht, wie kalt seine höfliche Distanz wirkt? Dabei ist er Botschafter eines warmherzigen Mannes, der Nähe zu den Menschen suchte und zuließ. Ein hoffnungsloser Fall ist er! Noch einmal schlägt Paula gegen die senkrechten Streben des alten Geländers, bläst in die Staubpartikel vor sich, niest und putzt sich die Nase.

9

Es war bereits Abend gewesen, als Paula sich vor der Haustür mit einer Umarmung von Lena verabschiedet hatte.
Zur Begrüßung fragte Johannes, ob sie schöne Ferien gehabt hätte. Paula war froh, erzählen zu können, und begann, die Landschaft zu beschreiben, die Stimmungen am Wasser, das Leben auf dem Boot. Aber bald merkte sie, dass er nicht bei der Sache war. Es interessierte ihn offensichtlich nicht wirklich.
Also fragte sie ihn, wie er zurechtgekommen sei. Ein freundliches „gut" war die Antwort. Aber sie wollte sich nicht damit zufrieden geben, sondern fragte nach. Ob ihm die Tiefkühlpizzen geschmeckt hätten, die sie außer dem Selbstgekochten als Ferienvorrat besorgt hatte. Ob der Telefonbeantworter sich bewährt habe. Ob die Vertretung mit der vereinbarten Arbeitszeit klargekommen oder länger geblieben sei. Und mit einem Augenzwinkern, ob er sie vielleicht vermisst habe. Seine einsilbigen Antworten machten sie ärgerlich. Es fiel ihr schwer, sich wieder an das alte Schweigen zu gewöhnen.
„Ich habe uns ein Stück Räucheraal mitgebracht." Sie zog schon die Haut ab, entfernte die Gräte, schnitt eine Zwiebel in dünne Scheiben. Und erzählte von der Räucherei auf der Insel, beschrieb den Ofen, die kleine Gasse neben dem Restaurant.
Sie wollte ihm nicht böse sein.
Als sie aufgedeckt hatte, holte sie zwei Schnapsgläser und die angebrochene Flasche, die seit mindestens einem Jahr im Kühlschrank stand, goss ein. Johannes setzte sich ihr gegenüber an den Küchentisch. Er gab sich sichtlich Mühe, fand den Aal aber fad, wollte auch keinen Schnaps, weil er noch zu arbeiten hatte.
Ein bisschen enttäuscht aß Paula den Aal allein auf und trank beide Schnäpse. Sie konnte nicht erwarten, dass ihm schmeckte, was sie ihm vorsetzte. Schließlich hatte er ein Recht auf seinen eigenen Geschmack.

Höflich wartete er, bis sie fertig war, bevor er aufstand. Paula fühlte sich schuldig, weil sie ihn aufgehalten hatte. „Hast du noch viel zu tun?", fragte sie. Er nickte, schob seinen Stuhl unter den Tisch. Sie setzte sich gerade hin, schob die Schulterblätter zusammen, reckte die Ellenbogen weit über den Rücken hinaus und verharrte so lange wie möglich in dieser Stellung. Auf dem Boot hatte sie ihre Übungen völlig vergessen.

Eigentlich wäre er mit einer Angestellten besser dran, dachte sie. Die würde keine Anteilnahme erwarten.

Sie sah auf seinen gebeugten Rücken, der sich durch die Diele entfernte, spürte die Wirkung des Alkohols, legte die Beine hoch. Heute würde sie nicht mehr auspacken. Müdigkeit breitete sich über sie. Angenehm, nur der Stuhl war ziemlich hart, fast so, wie die Kirchenbänke.

Sie saß weit hinten. Johannes stand erhöht auf der obersten Altarstufe und predigte. Was er sagte, verstand sie nicht, weil er ungewöhnlich leise sprach. Es sah aus, als bewegten sich seine Lippen lautlos. Sie betrachtete die Menschen in den Bänken vor sich. Alle trugen dicke Mäntel oder Jacken. Es musste kalt sein. Ihr dagegen war warm, obwohl sie nur einen Pullover an hatte. Während sie einen Sonnenstrahl betrachtete, der schräg in den Kirchenraum fiel, konnte sie Johannes plötzlich hören. Sie blickte hoch, sah seinen Finger auf sich gerichtet und hörte ihn laut die Worte sagen: „Gott allein genügt dir nicht!" Alle drehten sich zu ihr um, denn es war eindeutig, dass er nur zu ihr sprach. „Gott allein genügt dir nicht", wiederholte er noch einmal laut und anklagend. Paula hatte die Worte im Ohr, als sie auf ihrem Küchenstuhl erwachte.

Als erstes fiel ihr Lenas Ausspruch ein, so dass sie vor sich hin lachen musste. Dann die heilige Theresia, von der die Worte „Gott allein genügt" überliefert waren. Nach ihrem Tod hatte man einen Zettel gefunden, auf dem ihr Credo stand, das in diesem Ausspruch gipfelte.

Wenn sie ein Familienwappen erfinden müsste, dann würde darauf dieser Satz stehen. Gott allein genügt. Auf einer wehenden Fahne.

Ihre Mutter hatte fest in dieser Überzeugung gelebt. „Lasst nur", pflegte sie bei den unterschiedlichsten Gelegenheiten zu sagen, „wir haben Gott, und Gott allein genügt." In das Schweigen, das daraufhin zu entstehen pflegte, hatte sie jedes Mal tief geseufzt. Von einem bestimmten Alter an war in Paula die Frage entstanden, ob die heilige Theresia wohl gemeint hatte, was die Mutter offensichtlich darunter verstand.

Auch für Johannes genügte Gott allein. Er versuchte, sich leer zu machen, damit Gott ihn ausfüllen konnte. Mit Gott ging er dann zu den Menschen.

Nur sie, Paula, war damit nicht klargekommen, obwohl sie es all die Jahre versucht hatte. Wahrscheinlich hatte sie Gott nie gehabt. Es war ihr auch immer komisch vorgekommen, dass man Gott haben konnte. Manchmal wurde sie von einer Ahnung gestreift, die in ihr einen glücklichen Schrecken hinterließ. In letzter Zeit nahmen diese Augenblicke zu. Dann fielen ihr Gedichtzeilen ein. Eichendorf, Rilke: „Ich finde dich in allen diesen Dingen, denen ich gut und wie ein Bruder bin…" Schwester müsste es heißen.

Der Traumjohannes hatte Recht, Gott allein genügte ihr nicht. Aber stand nicht schon am Anfang der Bibel, dass Gott den zweiten Menschen machte, damit der erste ein Gegenüber in Augenhöhe hatte, weil weder Gott noch die Tiere ihm entsprachen? Was hieß überhaupt Gott allein? Vielleicht verstand sie den Satz nicht. Für sie gab es Gott nur „in allen diesen Dingen", auf die man sich einlassen musste. Nicht, um ihn zu finden, aber man fand ihn dann manchmal für eine glückliche Weile. Am besten war es, „alle Dinge" zu lieben. Dann wurde man auch keine scheppernde Glocke, wie es im Korintherbrief steht.

Paula war aufgestanden. Sie hatte das schmutzige Geschirr in die Spüle gestellt, die Essensreste weggeräumt, den Tisch abgewischt.

Wahrscheinlich würde Lena noch ganz andere Einfälle zu dem Traum haben. So schnell wie möglich wollte Paula sich einen eigenen Telefonanschluss in ihr Zimmer legen lassen, damit sie von Sessel oder Bett aus in Ruhe mit Lena telefonieren konnte. Das hatten sie auf dem Boot beschlossen, denn Lena wollte Johannes nicht am Apparat haben, wenn sie zu ungewöhnlichen Zeiten anrief, was ihre Vorliebe war.

Durch Lena kam es aber auch zu ungewohnten Auseinandersetzungen, genau genommen durch ihre älteste Tochter Bea in Berlin. Ein Freund von ihr war ein untergetauchter Asylant, der für einige Zeit aus Berlin verschwinden sollte, wie sie sagte. Die Behörden hatten seine Wohnung ausfindig gemacht, so dass er in Gefahr war, aufgegriffen und abgeschoben zu werden. Zu Lena und Bernd konnte er nicht, weil die Tochter bekannt war.

Als Paula davon hörte, war sie sofort bereit, den Mann im Pfarrhaus wohnen zu lassen. Im Dachgeschoss gab es zwei unbenutzte Zimmer. Vielleicht konnte er bei der Arbeit auf dem Friedhof helfen. Aber Johannes war strikt dagegen.

„Ich weiß nichts Genaues über seine Situation."

„Das lässt sich ändern."

„Als Pfarrer bin ich eine öffentliche Person. Es wird sich herumsprechen. Ich stelle mich gegen die Gesetze."

„Und wenn die Gesetzte falsch sind oder falsch gehandhabt werden?! Es gibt doch das Kirchenasyl."

Sie hatte Johannes nicht umstimmen können.

Auch bei einem Gespräch zu dritt am Küchentisch mit Kaffee und Pflaumenkuchen, den Lena mitgebracht hatte, war er nicht zu überzeugen gewesen. Lena wusste das Alter des Mannes, 24 sei er, und dass er Kurde war. Die Gründe für die Ablehnung des Asylantrags kannte sie nicht, aber sie vertraute ihrer Tochter. Und Bea hatte gesagt, wenn er abgeschoben werde, müsse man mit dem Schlimmsten rechnen.

Johannes war noch wortkarger als üblich und offensichtlich längst entschieden. Er blieb bei seinem Nein.

Paula hatte sein Christentum ängstlich und eng genannt, war enttäuscht und zornig gewesen. Obendrein war sie sich vorgekommen wie ein unmündiges Kind vor der Amtsautorität ihres Bruders. Wie war eigentlich ihre rechtliche Situation? Sie hatte nicht mal einen Mietvertrag. Johannes bezahlte ihre Arbeit im Haushalt und die entsprechenden Sozialabgaben. Verpflegung und Wohnung hatte sie frei. Die halbe Pfarrsekretärinnenstelle trug das Bistum. War sie eine selbstständige Frau? Zu sagen hatte sie jedenfalls nichts.

Beas Freund war bei einem Kollegen von Bernd untergekommen. Lena hatte gesagt, er könne vielleicht einen neuen Antrag stellen. Genaues wusste sie nicht.

Paula wurde daraufhin Mitglied bei Pro Asyl. Sie bestellte Informationsmaterial für den Firmunterricht, Kalender für den Weihnachtsbasar. Las die Informationen und diskutierte mit Lena, die ebenfalls Mitglied wurde, über einzelne Beiträge. Vielleicht gelang es ihr, jemanden für einen Vortrag zu gewinnen, auch wenn Johannes diesem Projekt skeptisch gegenüber stand. Sie wollte in der „Zeitung" dafür werben und Einladungen an die verschiedenen Kreise und Gruppen der Pfarre schicken. In dieser Zeit des stärker werdenden Rechtsradikalismus war das besonders wichtig.

„Wenn ich da mitmachen kann...", hatte Lena gesagt

Sie saßen auf dem Mäuerchen vor der Kirche und zogen den Abschied in die Länge. Es war ein Spätnachmittag zwischen Sommer und Herbst mit sanftem Licht. Von den Bäumen, an denen ihre Räder lehnten, fielen die ersten Früchte, frühreif und stachelverpackt. Lena öffnete einige mit spitzen Fingern, aber die meisten waren noch weiß gefleckt.

„Gilt dein Angebot allgemein oder nur auf das Asylantenthema bezogen", fragte Paula.

„Was stellste dir denn vor?" Lena hatte endlich gefunden, was sie suchte. Eine glänzende Kugel mit feinen Linien in unterschiedlichen Brauntönen, hielt sie Paula auf der geöffneten Hand hin. Die nahm sie und legte sie einen Moment andächtig an ihr Gesicht, bevor sie sie zurückgab.

„Da wäre zuerst das Pfarrfest nächste Woche."

„Kuchen?" Paula nickte.

„Mach' ich. Und sonst?"

„Könntest du auch kellnern?"

Lena strahlte. „Klar! Hab' ich früher oft gemacht. In Berlin kann man immer irgendwo kellnern, wenn man will, aber hier ... Finde ich gut."

Ob Berlin wirklich so ein Wunderland ist, denkt Paula, die sich inzwischen mit aufgestützten Armen nach hinten lehnt. Sie will sich auf keinen Fall Illusionen machen. Allerdings wird es bestimmt Möglichkeiten geben, bei der Arbeit für Asylanten mitzumachen. Hoffentlich gibt es eine Gruppe irgendwo in der Nähe ihrer Wohnung. Paula sieht die Karte von Kreuzberg vor sich. Diesen Teil des Stadtplans hat sie inzwischen so oft studiert, dass sie sich zumindest theoretisch schon etwas auskennt. Auch die Nummern der Straßenbahnen, die von ihrer zukünftigen Wohnung infrage kommen, und die U-Bahn-Linien hat sie auswendig gelernt. In einer solchen Gruppe kann man auch Menschen kennen lernen. Dass sie am Anfang außer Lena niemanden kennt, macht ihr ein mulmiges Gefühl. So kontaktfreudig wie Lena ist sie leider nicht. Obendrein kennt Lena von früher ein paar Leute und natürlich über ihre Töchter. Aber Paula will kein Anhängsel von Lena werden, wird schon dem einen oder anderen netten Menschen begegnen.

Vielleicht bei der Arbeit. Sie wird versuchen, bei einem Pflegedienst in Kreuzberg unterzukommen, bei dem man mit dem Fahrrad zu den Patienten fahren kann. Dass es das gibt, weiß sie von Bea. In einem Krankenhaus wird man sie nach so langer Arbeitspause nicht nehmen, das traut sie sich auch nicht zu.

Und für die Übergangszeit hat sie Ersparnisse. Sie hat zwar wenig verdient, aber noch weniger verbraucht. Dazu kommt das Geld, das sie von ihrer Mutter geerbt hat.

Das Pfarrfest war ein Erfolg geworden und Lena hatte es gefallen, darin eingebunden zu sein. Darüber hatte sich Paula am meisten gefreut und Lena kurz darauf gefragt, ob sie in der Pfarrbücherei aushelfen könne. Auch dazu war sie sofort bereit gewesen.

Paulas Leben war reicher geworden, irgendwie rund, beinahe glücklich. Jeden Dienstag, wenn Lena drei Häuser weiter in der Pfarrbücherei Aufsicht führte, schaute Paula bei ihr vorbei. Zu reden hatten sie immer. Über Bücher, Menschen, Träume, Pläne… Dabei wurde der Weihnachtsbasar ein zunehmend wichtiges Thema. Im Gespräch hatten sie eine Idee entwickelt, die ihnen inzwischen beiden gefiel. Sie würden ihre Bilder zum Verkauf anbieten. In Wechselrahmen, am selben Tisch. Paula war zuerst zurückgeschreckt vor der Vorstellung, so vielen Leuten ihre Bilder zu zeigen. Aber unterstützt von Lenas Begeisterung war sie über ihren Schatten gesprungen. Sie diskutierten die Größe der Bilder, die sie anbieten wollten, die Art der Rahmen und wo man sie besorgen konnte. Es gab viel zu organisieren in relativ kurzer Zeit.

Der Erfolg belohnte sie für alle Mühen der Vorbereitung. Am Ende des Basarwochenendes standen sie vor ihren verkauften Bildern und packten sie stolz und schwitzend in große Bögen Packpapier, schrieben die Namen der Käufer darauf. Am nächsten Tag sollten sie abgeholt werden, bezahlt war schon alles. „Das müssen wir feiern", fand Lena, „lass uns mal in die Kneipe gehen!"

Außer einem kleinen Ausflugsrestaurant nahe der Niers, das im Winter nicht geöffnet hatte, gab es nur eine Kneipe im Ort. Sie lag am Ende der Kirchstraße, und die zwei alten Linden vor dem Haus machten den Kastanien auf dem Kirchenvorplatz Konkurrenz. Paula kannte die Inhaber natürlich, mochte die Frau, mit der sie durch die Kommunionvorbereitung der Kinder Kontakt bekommen hatte. Das war allerdings schon länger her. Von innen hatte sie die Kneipe durch ein paar Feiern kennen gelernt, zu denen sie eingeladen worden war. Hinter dem Schankraum, den sie immer schnell durchquerte, weil ihr die Atmosphäre darin unangenehm war, gab es einen Saal für Festlichkeiten aller Art.

Begeistert war sie nicht von Lenas Vorschlag. Aber ihre Skepsis war nicht wirklich begründet, sie hatte noch nie im Schankraum gesessen und etwas gegessen oder getrunken. Gut gelaunt und zusammen mit Lena wurde es vielleicht schön.

Es war nasskalt, die Straße fast menschenleer. Beim Öffnen der Kneipentür standen sie in einem Windfang aus Wolldecken, durch den sie in Wärme und Tabakdunst gelangten. Sie sahen in fünf oder sechs neugierige Männergesichter, die sich von der Theke zu ihnen umdrehten. Paula meinte Gemurmel zu hören, anerkennend, fand sie. Hatte da jemand ,zwei Rote' gesagt? Während sie wie Lena laut grüßte, sahen sie sich im Raum um, in dem ein knappes Dutzend rechteckige Holztische standen. Sie einigten sich schnell auf einen, der relativ weit von der Theke entfernt war, und setzten sich einander gegenüber. Außer ihnen war noch eine Familie da, die gerade ihr Essen bekommen hatte, und ein Liebespaar, das bei einem Glas Cola Händchen hielt.

Paula wollte auf jeden Fall Glühwein, alles andere war ihr nicht wichtig. „Hast du auch gehört, dass jemand ,zwei Rote' gesagt hat?", flüsterte sie Lena zu. Die nickte, sah auf Paulas offene Haare. „Wir sind eine Attraktion, vergiss das nicht." Paula musste lachen. Sie bestellten beide Gulaschsuppe und Glühwein.

Alleine hätte sie sich nicht wohl gefühlt. Die Männer an der Theke warfen immer wieder Blicke zu ihnen herüber. Mit Lena fühlte sie sich sicher, fand die Situation ein bisschen verrückt.

Die Gulaschsuppe war scharf und aus der Dose, wie Lena sagte. Aber sie schmeckte ihnen trotzdem. Der Glühwein machte sie müde und so gingen sie bald nach Hause.

An diesem Weihnachtsfest beschenkten sie sich zum ersten Mal. Paula kaufte ‚Das Christkind aus den dunklen Wäldern' von Schaper. Lena schenkte ihr Inline-Skater, nachdem sie herausgefunden hatte, dass Paula zwar nicht Rollschuh-, aber Schlittschuh laufen konnte. Sie hatte für sich die gleichen gekauft.

Entgeistert stand Paula vor dem Karton mit den futuristisch anmutenden Ungetümen, zu denen noch Schoner für Arme, Knie und Hände gehörten. Den Helm sollte sie selbst aussuchen. „Wahnsinn!" sagte Paula leise und gedehnt, verschränkte die Arme vor der Brust und schüttelte den Kopf. Lena hatte all ihre Überzeugungskraft gebraucht, bis Paula bereit gewesen war, sie anzuprobieren.

Dann allerdings wurde der Wahnsinn ein voller Erfolg. Natürlich waren sie beide zuerst noch etwas wackelig auf den hyperbeweglichen Rollen, aber bald wurden sie sicherer und schneller. Vor allem Paula liebte das Tempo, das man erreichen konnte, den Wind im Gesicht. Von der Notwendigkeit, einen Helm zu tragen, war sie allerdings nicht zu überzeugen. So verzichtete auch Lena darauf. Fast jede Woche konnte man die beiden nun irgendwo am Rand des Dorfes auf einem der asphaltierten Feldwege antreffen.

Der Frühling kam früh in diesem Jahr. Schon Mitte März waren sie mit dem Boot in Berlin gewesen, danach begann die Fastenzeit, und Paula war wie immer eingebunden in die Vorbereitung der Kommunionkinder auf den Weißen Sonntag. Lena hatte vor allem im Garten zu tun. Sie sahen sich weniger oft, telefonierten aber weiterhin häufig miteinander und versuchten, das Inline-Skaten möglichst selten ausfallen zu lassen.

In dieser Zeit lud Lena sie zu einem Fernsehabend ein, weil einer ihrer Lieblingsfilme gezeigt wurde. „Wer die Nachtigall stört." Ob Paula den kenne. Paula kannte ihn und musste nicht überredet werden.

Auf dem Weg zu Lena erinnerte sie sich an den Film, sah Bilder vor sich. Gregory Peck als Atticus. – Seine beiden Kinder. - Der geheimnisvolle Nachbar. - Die Verteidigung des Farbigen. - Der Pöbel. - Und zweimal die Rettung durch Einfalt. Ein Film fürs Herz.

Der Fernseher stand im Wohnzimmer, das sparsam möbliert war. Kein Schrank, viele Regale mit Glastüren, ein Ecksofa. Sie konnten die Beine hochlegen und dabei bequem den Film sehen. Bernd war beruflich in Süddeutschland.

Trotz des spannenden Endes fielen Paula die Augen zu. Kurz darauf war sie fest eingeschlafen. Das Sofa war bequem. Sie erwachte erst am nächsten Morgen, fand sich nicht gleich zurecht.

Lena war dabei, Kaffee zu machen.

„Ich konnte dich einfach nicht wecken gestern Abend. Es ist noch früh, wir frühstücken, dann fährst du nach Hause und hast genug Zeit für das Übliche."

„Danke." Paula faltete die Wolldecke zusammen, mit der Lena sie zugedeckt hatte. Sie brauchte wirklich einen Kaffee. Wenig später stieg sie auf ihr Rad und fuhr winkend davon.

Alle neugierigen Nachbarn hatten sehen können, wie sie früh morgens von Lena weggefahren war. Bestimmt war dadurch das Gerüchtefass zum Überlaufen gebracht worden.

So etwas wird in Berlin nicht passieren. In Kreuzberg kann sie machen, was sie will, niemand interessiert sich dafür. Paula sieht an sich herunter, auf ihr grünes T-shirt, die Jeans. Jeans hat sie früher nicht getragen, dabei hat sie genau den richtigen Hintern dafür, wie Lena behauptet. Vielleicht zieht sie sich in Berlin noch ganz anders an, bunter, ausgefallener, wer weiß.

Sie findet es komisch, dass sich kein Mensch für sie interessieren wird, ein bisschen traurig. Aber das ist eben das andere Extrem. Auch Berlin ist nicht der Himmel.

10

Die Natur explodierte wie jedes Jahr. Überall war Blütenstaub. Von der großen, hölzernen Kirchentür fegte sie ihn täglich mit einem weichen Besen ab, die dunkelgrüne Haustür bearbeitete sie mit einem Tuch. Sie tat es andächtig, beeindruckt von der Überfülle möglichen Lebens. Der Pappelsamen schien sich mit dem Wind zu verabreden. Immer wieder stand Paula fasziniert vor den großen Rollen weißer Watte, die in wirbelnden Prozessionen die Straße entlang kamen und abends wie schmutziger Schnee vor der Friedhofsmauer lagen.

An einem Vormittag, als Paula konzentriert an ihrer Wochenzeitung schrieb, kam Lena vorbei.

„Willste wissen, was man im Dorf so erzählt?"

„Tratsche! Ich brauch' noch fünf Minuten. Alles nur Zahlen im Bericht des Kirchenvorstands! Mach uns doch bitte Kaffee, dann bin ich so weit."

„Was man im Dorf so über uns erzählt?" Lena trug in jeder Hand eine Tasse mit Unterteller.

Paulas Stuhl drehte sich herum. „Über uns?" Sie nahm den Kaffee, der hell war von Milch. So mochte sie ihn am liebsten. „Komm schon", sagte sie, „erzähl!" Sie wurde aus Lenas Gesichtsausdruck nicht schlau.

„Wir sind ein Liebespaar. Lesbisch."

„Ach, du hei…", hatte Paula angefangen. Das „…lige Scheiße" sagten sie beide gleichzeitig. Und lachten natürlich. Lena hatte sich offenbar die ganze Zeit das Lachen verkniffen.

Aber Paula fand es gar nicht zum Lachen. „Woher weißt du das?"

„Meine Putzhilfe hat es mir eben gesagt. Sie hat erst ein bisschen rumgedruckst, aber dann war´s raus. Ich bin sofort zu dir. Sie wird es bei erster Gelegenheit auch Bernd erzählen. Wir sind eine Sensation!" Lena genoss es offenbar.

„Und was machen wir jetzt?" Paula war nicht wohl dabei.

„Wir gehen in die Kneipe und spendieren ein paar Runden."
„Ach, du, lass den Quatsch!" Sie traute es Lena zu. „Am Ende machst du das wirklich."
„Keine Bange, Schätzchen! Es geht nur, wenn du mitkommst, sonst wirkt es nicht."
Paula rang sich ein Lächeln ab.
„Schätzchen solltest du auch nicht zu mir sagen."
„Ich lass mir doch von einem Haufen Spießer nicht vorschreiben, was ich zu sagen habe!"
„Aber man muss die Leute nicht provozieren. Klugheit ist eine Tugend. Wahrscheinlich sollten wir einfach nur leben wie bisher. Wenn das geht." Beide schwiegen eine Weile.
„Ich glaube, das geht nicht", fand Paula später. „Ich werde mich bei jedem Menschen fragen, ob er glaubt, was geredet wird."
„Dann werden wir eben ein lesbisches Liebespaar, damit der Ärger sich lohnt." Lena grinste breit.
„Bitte sei nicht so! Du bist eine verheiratete Frau und ich eine alte Jungfer!"
„Na und?!."
Paula war plötzlich traurig. „Ich liebe dich ja. Aber ohne Verlangen."
Lena sah Paula erschrocken an. „Dass du so ernst sein kannst, das liebe ich besonders an dir." Sie versuchte ein aufmunterndes Lächeln, das seine Wirkung verfehlte.
„Übrigens auch ohne Verlangen."
Endlich konnte auch Paula lachen. Sie tranken ihren Kaffee und aßen den Nachtisch auf. „Den haben wir jetzt verdient", fand sie.
Als Lena weg war, stellte sich Paula vor, wie das Gerücht auf diesen oder jenen Dorfbewohner wirken würde. Aber bald verbot sie sich die Grübeleien. Sollten sie reden und denken, was sie wollten! Die Tage vergingen im gewohnten Gleichmaß. Bis Lena vormittags anrief und darum bat, möglichst bald ungestört mit ihr reden zu können. Ob das möglich sei. Paula hörte ihrer Stimme an, dass es

dringend war, überlegte, wie sie es anstellen konnte. Bis zwölf musste das Pfarrbüro geöffnet sein. Wenn sie bis dahin das Essen fertig hatte, konnte sie anschließend sofort los. Am besten trafen sie sich draußen, die Sonne schien. So verabredeten sie sich für kurz nach zwölf an der Insel.

Die Insel war entstanden, weil man bei der Begradigung des Flusses drei Eichen verschont hatte. So floss die Niers um die inzwischen bejahrten Bäume herum. Am Uferpfad stand an dieser Stelle eine Bank.

Paula hatte Bohnensuppe gekocht, während sie die Büroarbeit erledigt hatte. Die blieb auf dem Herd schön heiß. Neben Johannes' Teller lag eine Nachricht. Bin wahrscheinlich nicht pünktlich. Suppe auf dem Herd, zum Nachtisch Banane. Guten Appetit!

Paula sah Lena schon von weitem. Sie saß mit gerade ausgestreckten Beinen auf der vordersten Latte der Bank, lehnte den Rücken an und ließ ihren Kopf in den Nacken fallen. Ihr Rad stand an einer der Pappeln.

Paula stellte ihres dazu. „Hei", sagte sie und legte von hinten kurz ihre Hände auf Lenas Schultern, setzte sich neben sie. Lena reagierte nicht. So hatte Paula sie noch nicht erlebt. Sie nahm Lenas Hand, wartete.

„Ich muss weg", sagte Lena leise, nachdem sie eine Ewigkeit geschwiegen hatten. Dann setzte sie sich gerade hin und versuchte, nicht zu weinen.

Paula legte ihren Arm um sie, ahnte vage, dass es mit dem Gerücht zu tun haben musste, und hatte schreckliche Angst, Lena könnte meinen, sie müsste wegziehen. Irgendwo ganz anders hin. „Was ist passiert?", fragte sie.

„Bernd glaubt dem Gerücht. Er ist fest davon überzeugt, dass wir eine lesbische Beziehung haben... Ganz furchtbar hat er mich beschimpft... Mit Hass in den Augen."

Sie machte lange Pausen. Die Tränen, die sie nicht mehr zurückhielt, fielen auf ihr grünes Seidentuch und hinterließen Flecken, die sich kräuselten. „Er muss schon länger eifersüchtig auf dich sein, auf unsere Beziehung… Scheiße", flüsterte sie, wiederholte es noch einmal.

„Das renkt sich wieder ein." Paula wollte, dass es sich wieder einrenkte, dass Lena nicht weggehen musste.

Lena wandte ihr ein Gesicht zu, das faltig und grau aussah. Sie wischte die Tränen ab.

„In dieser Sache bin ich unschuldig und Bernd reagiert hart und überzogen. Aber ich weiß ja, was vorher war. Du weißt es auch. Ich frage mich, ob Bernd so reagieren würde, wenn damals nichts geschehen wäre… Es kommt mir vor, als holte die Vergangenheit mich ein… Als hätte ich kein Recht, mich zu verteidigen."

Sie musste sich erneut die Nase putzen, die Tränen wegwischen. Nach einem Schweigen fing sie wieder an.

„Dass er so maßlos reagiert, ist auch die Antwort auf meine Frage… Wenn ich es ihm gesagt hätte… Es hätte uns nicht näher gebracht… Er hätte es mir nicht verziehen… Es verletzt ihn zu sehr."

Sie saß jetzt vornüber gebeugt. Paula hatte ihr die Hand auf den Rücken gelegt und spürte in den Fingern ihr Weinen. Was konnte sie sagen? In ihr war ein schwarzes Loch.

„Hau ab!", hat er geschrieen. „Scher dich zum Teufel!" Sie hatte sich wieder gefasst und saß gerade auf der Bank. „Vielleicht ist die Vorstellung, dass ich ihn mit einer Frau betrüge, besonders schlimm… Und dass das ganze Dorf sich darüber das Maul zerreißt."

„Und wenn ich mit ihm rede?"

Lena schüttelte den Kopf. „Kannste nix machen…"

„Geh nicht!"

Lena lehnte ihren Kopf an Paulas Schulter. Sie sahen beide auf das fließende Wasser. Wie jetzt alles anders war als eben. Und gleich alles anders sein würde als jetzt.

„Ruf heute noch mal an", bat Paula, als sie sich trennten. Sie fuhr nicht mit zurück, musste mit dem Rad los wie früher. Über die nahe gelegene Brücke und von da auf den Radweg an der Landstraße. Spürte den Wind im Gesicht, gewann an Tempo, hielt es. Schnell und gleichmäßig entfernte sie sich. Der Verkehr drang kaum zu ihr durch.

Verschwitzt und ausgepumpt war sie am Nachmittag wieder zurückgekommen.

Johannes hatte das benutzte Geschirr weggeräumt. Der Topf mit Suppe war immer noch warm. Aber Paula hatte keinen Hunger, wollte bis zum Abendessen warten.

Auf dem Tisch lag ein Heftchen. „Verlautbarungen des Apostolischen Stuhls" stand ganz oben. Immer diese lächerlich geschraubte Formulierung! Sie schüttete sich ein Glas voll Wasser und trank es im Stehen, las ohne besonderes Interesse den Titel: „Schreiben der Kongregation für die Glaubenslehre an die Bischöfe der katholischen Kirche über die Seelsorge für homosexuelle Personen."

Dass es um Homosexuelle ging, machte sie stutzig. Konnte es sein, dass Johannes ebenfalls von dem Gerücht gehört hatte und dies seine Reaktion darauf war? Einfach so? Ohne ein Wort zu sagen? Ohne zu fragen? Paula schüttelte den Kopf. Das wollte sie nicht glauben. Vielleicht hatte er am Tisch darin gelesen und es vergessen. Das passierte ihm sonst allerdings nie. Sie nahm das Heft vom Tisch und blätterte darin: „Das Problem der Homosexualität und der moralischen Beurteilung homosexueller Handlungen. – …muss die Neigung selbst als objektiv ungeordnet angesehen werden. - …wenn sie sich …auf homosexuelles Tun einlassen, bestärken sie in sich selbst eine ungeordnete sexuelle Neigung, die von Selbstgefälligkeit geprägt ist. - …verhindert homosexuelles Tun die eigene Erfüllung und das eigene Glück…

Paula setzte sich. Sie hatte gedacht, es ginge um Liebe. Aber das Wort Liebe kam nur im Zusammenhang mit der Liebe Gottes oder der Liebe Jesu Christi vor. Zwischen den Menschen schien es nur Handlungen zu geben, die moralisch beurteilt werden mussten.

Und dass und warum der Standpunkt der katholischen Moral über jeden Zweifel erhaben war, wurde ebenfalls umfassend dargelegt. Was da stand, schien ihr seelenlos und kalt zu sein. Ohne den Wunsch zu verstehen.

Paula blieb sitzen. Und je länger sie da saß, desto sicherer wurde sie, dass Johannes den Text für sie bestimmt hatte. Er ging davon aus, dass sie eine Person war, die homosexuelle Handlungen ausführte. Genau wie Bernd hatte er dem Gerücht offenbar sofort geglaubt.

Sie nahm die Verlautbarungen mit in ihr Zimmer und hoffte, Lena würde bald anrufen. Lena, die so traurig war - Lena, deren Ehe scheiterte - Lena, die wegzog und sie allein ließ.

Gab es denn wirklich keine andere Möglichkeit?

Sie setzte sich in den Sessel am Fenster und sah nach draußen. Die Bänder am Kirchturmhahn hingen fast bewegungslos herab. Ein dunstiger Himmel hatte die Sonne verschluckt. Vielleicht gab es ein Gewitter, warm genug war es in den letzten Tagen gewesen. Die Blüten der Kastanien waren abgefallen und weggeweht. Wenn man genau hinsah, konnte man schon die Früchte sehen, kleine, grüne Kügelchen. Wie würde es ihnen gehen, wenn die Kastanien reif waren?

Aber die Zukunft war unvorstellbar für sie.

Irgendwann hatte ein Auto gehalten, Johannes war ausgestiegen und in die Kirche gegangen. Paula erschrak, wie viel Zorn in ihr hochschoss, als sie Johannes sah. Sie blickte auf die Uhr. In einer Stunde musste sie das Abendessen machen. Sie wollte heute noch nicht mit ihm reden, musste erst ihre Gefühle sortieren, würde sich nichts anmerken lassen.

Nach dem Abendessen, das schweigsam wie gewöhnlich verlaufen war, wartete Paula in ihrem Zimmer auf Lenas Anruf. Als es immer später wurde, fragte sie sich, ob sie Lena anrufen sollte, tat es aber nicht. Sie konnte die Situation nur verschlimmern. Also hörte sie Musik, las ein paar Seiten in einem Buch, sah aus dem Fenster, aber alles machte sie nervös.

Es war schon nach zehn, als Lena sich meldete.

„Entschuldige, ich hab' alles Nötige erledigt, jetzt können wir in Ruhe reden."

Bernd hatte mit eisigem Gesicht geschwiegen und war in das Gästezimmer gezogen. Lenas Sprechversuche hatte er ignoriert, indem er das Zimmer verlassen hatte. „Ich halte es nicht aus in diesem Eispalast", sagte sie müde, „habe viel rumtelefoniert, das meiste schon geregelt." Sie konnte bei ihrer Ältesten wohnen, würde von dort aus nach einer Wohnung suchen, wollte nicht nach Potsdam zurück, sondern nach Berlin. Hatte schon Kontakt mit zwei Architekten aufgenommen, die sie von früher kannte. „Vielleicht Kreuzberg, das kennst du ja auch schon." Für einen Moment hatte sie sich nach der alten Lena angehört, dann war ihre Stimme klein geworden. „Tut mir leid, Schätzchen, ich will nicht weg, aber ich kann nicht bleiben. Scheiße!" Nach längerem Schweigen und Naseputzen kam ein zögerndes „Und du?"

Paula erzählte von den Verlautbarungen des Apostolischen Stuhls, die Johannes ohne ein Wort auf den Küchentisch gelegt hatte. Lena fand seine Reaktion fast schlimmer als die von Bernd, jedenfalls mindestens genauso schlimm, menschenverachtend.

„Das Beste wäre, du kämst einfach mit", sagte sie langsam, aber unverkennbar mit Hoffnung in der Stimme.

„Du meinst, ich soll auch nach Berlin ziehen?" Paula kam der Vorschlag undurchführbar vor. „Das kann ich mir absolut nicht vorstellen."

Sie verabredeten sich für den nächsten Tag zum Telefonieren. Lena würde das Nötigste packen, sobald Bernd zur Arbeit war. Ob Paula am Vormittag anrufen könne?

Dass Lena am nächsten Tag schon packen würde, fand Paula so schlimm, dass ihr nichts mehr einfiel.

So verabschiedeten sie sich. „Behalt mich lieb", meinte Lena etwas theatralisch.

„Wie nicht?", antwortete Paula und schickte zum ersten Mal einen Kuss durchs Telefon.

Sie hatte damit gerechnet, die ganze Nacht nicht schlafen zu können, musste aber sofort eingeschlafen sein. Dafür war sie am frühen Morgen hellwach. Es war noch dunkel, die ersten Vögel begannen zu singen. Paula setzte sich im Bett auf und lehnte sich mit einem Kissen im Rücken gegen die Wand. Etwas war mit ihr geschehen, während sie geschlafen hatte. An einen Traum konnte sie sich nicht erinnern, aber in ihr war eine neue Klarheit. Was ihr gestern Abend noch absurd erschienen war, hatte Gestalt angenommen. Als hätte ein Magnet den diffusen Gedanken und Gefühlen in ihr eine Richtung gegeben. Es war gar nicht unvorstellbar, eigentlich war es ganz einfach. Sie spürte ihr Herz klopfen, aber nicht aus Angst.

Schnell stand sie auf, zog sich an und verließ leise das Haus. Betrat die Kirche durch die Sakristei, strich zärtlich über den Schrank, in dem die Kelche aufbewahrt wurden, die sie oft geputzt hatte. Weiter hinten setzte sie sich in den vertrauten Raum, der noch fast dunkel war. So fiel aller Schnickschnack weg, kein Kitsch lenkte von den aufstrebenden Wänden und Säulen ab. Die Farben der Fenster wurden von der beginnenden Dämmerung nur angedeutet. Ihre Augen suchten das ewige Licht, den ruhenden Punkt vor dem Tabernakel. Vielleicht würde sie manchmal Heimweh nach all dem hier haben. Dann könnte sie die Augen schließen und die Kirche in der beginnenden Morgendämmerung vor sich sehen. Sie versuchte, sich alles einzuprägen, nahm Abschied. Von diesem Raum und von dem Gott, der darin wohnte. Von den vielen Jahren, in denen dies ihre Heimat gewesen war.

Zurück in ihrem Zimmer, sah und hörte sie vom Fenster aus zu, wie es Tag wurde, erstaunt, wie unaufgeregt die Entscheidung fortzugehen sich in ihr festigte. Sie verließ ihren alten Glauben und ihren alten Bruder, weil sie ein neues Leben gefunden hatte und darin einen neuen Glauben. Den sie nicht mehr verlieren wollte. Den es ohne ihre Freundschaft mit Lena nicht geben würde. Sie durfte nicht bleiben.

Gegen elf war eine müde Lena am Telefon. Hatte die ganze Nacht nicht geschlafen, suchte ihre „sieben Sachen" zusammen. Packte Kartons, die sie später abholen wollte.

Zwei Koffer würde sie aufgeben, wenn sie mit dem Nachtzug fuhr, zwei Taschen als Handgepäck mitnehmen. Für sieben Uhr hatte sie ein Taxi bestellt, das sie und alles Gepäck nach Duisburg bringen würde, von wo ein durchgehender Zug bis Bahnhof Zoo fuhr. Bea wollte sie abholen.

„Ich umarme dich", sagte Paula, die den Tränen nah war. „Du kommst doch noch mal vorher!?" Lena musste sich zuerst die Nase putzen, schickte eine Umarmung zurück und sagte: „Was denkste denn, am Nachmittag irgendwann, aber wahrscheinlich nur kurz."

„Übrigens ist mir was klar geworden diese Nacht." Paula wusste nicht so recht, wie sie sich ausdrücken sollte, schwieg einen Moment. „Kannst du bitte zwei Wohnungen suchen? Am besten in einem Haus. Nähe Landwehrkanal, wenn's geht."

Schweigen am anderen Ende, dann vorsichtig: „Du meinst also, dass du von hier weg nach Berlin ziehen willst? Wirklich und wahrhaftig?"

„Wennschon, dennschon", antwortete Paula, und diesmal war sie es, die sich das Lachen verkneifen musste.

Lena kam mit dem Naseputzen einfach nicht nach. „Das ist das einzige, was mich jetzt trösten kann", brachte sie heraus und musste schon wieder ins Taschentuch schniefen.

„Ach, Lenchen..." Paula wusste, dass Lena diese Anrede nicht ausstehen konnte und hörte förmlich, wie der Tränenstrom versiegte und die alte Lena wieder hervorkam.

„Sag nie mehr Lenchen zu mir!" Ihr Lachen hörte sich etwas kläglich an.

Sie hatten dann schnell das Gespräch beendet, damit am Nachmittag etwas mehr Zeit blieb.

Zum Mittagessen hatte Paula das dunkelblaue Heftchen aus Rom an Johannes' Wasserglas gelehnt. Er stutzte, als er es beim Hinsetzen bemerkte, sagte aber nichts. Auch Paula schwieg. Sie nahm die Pfanne vom Herd und verteilte die gebratene Blutwurst auf ihren Tellern, schüttete Bratfett über das Kartoffelpüree, das neben dem Apfelmus auf dem Tisch stand. Nachdem sie sich hingesetzt hatte, wartete Paula, bis Johannes mit dem Tischgebet fertig war. Dann sah sie zu ihm hin. Er war mit den Schüsseln beschäftigt. Sie spürte, wie ihr Zorn wieder aufflammte, fürchtete laut zu werden, wenn sie zu sprechen anfing. Schreiende Frauen konnte sie nicht ausstehen. Lieber hätte sie ihn angesehen, aber er blickte nicht hoch. Sie gab sich einen Ruck, machte sich gerade, schob die Schulterblätter zusammen.

„Ich finde es beschissen, wie du mit mir umgehst", sagte sie und sah, wie er zusammenzuckte. „Dieser seelenlose Text mit seinen geschraubten Sätzen!" Jetzt blickte er hoch. „Dass alle Welt sofort an Sex denkt, wenn zwei Menschen sich gut verstehen, ist eine Sache. Aber dass du dabei mitmachst... Warum hast du nicht gefragt?!"

Sie trank einen Schluck, nahm einen Löffel Apfelmus. „Mit Lena habe ich eine Liebesbeziehung, ich weiß nicht, wie ich es anders nennen soll. Mit dir hätte ich auch gern eine. Lena interessiert sich für mich und ich mich für sie. Inzwischen sind wir uns sehr nah. Außerdem finde ich sie schön und anziehend, bin gern mit ihr zusammen. Aber mehr will und kann ich nicht, allerdings auch nicht weniger."

Sie hatte eine Pause gemacht, auf Johannes' sommersprossige Tonsur geblickt, seine jetzt steif neben dem Teller liegenden Hände. Er war schon fast sechzig. Gedankenverloren hatte sie auf ihre eigenen Hände gesehen. Auf dem linken Handrücken war ihr ein erster Altersfleck aufgefallenen, und plötzlich hatte sie es furchtbar traurig gefunden, alt zu werden, ohne jemals Sexualität gelebt zu haben.

„Entschuldige", hatte Johannes verlegen gesagt, „ein schwieriges Thema."

Sie spürte, wie ihr Zorn verrauchte. Ruhig sagte sie, er möge die Verlautbarungen wieder mitnehmen. Eigentlich hatte sie sagen wollen, ich werfe sie sonst auf den Müll, aber das schluckte sie herunter.

Johannes hatte genickt und sich seinem Essen zugewendet.

Paula bewegt ein paar Mal vorsichtig den Kopf von links nach rechts, dann von oben nach unten. Wahrscheinlich hat sie den steifen Nacken vom Büchereinpacken. Acht Kartons sind es geworden. Hoffentlich sind sie nicht zu schwer. Dazu die Musikanlage. Wäsche und Kleidung hat sie in Koffern und Taschen untergebracht. Alles steht fertig hinter ihrer Zimmertür. Es wird schnell gehen morgen. Das Fahrrad darf sie nicht vergessen! Am besten stellt sie es heute noch vors Haus. Auch an die Telefonnummern muss sie denken, damit sie von Berlin aus für ihre Vertretung sorgen kann und Hannes nicht allein vor allem steht. Wenigstens am Anfang nicht. Was er dann macht, ist seine Sache.

Lena ist mit einem geliehenen Lieferwagen unterwegs zu ihr. Sie werden den Auflauf essen, den Paula nur noch überbacken muss und sich einen gemütlichen Abend machen. Vor allem reden, reden, reden. Über sich, über Bernd, über Hannes... Und über das blaue Haus, in dem sie auf der dritten Etage wohnen werden. Mit der Einbauküche, zu der sie vorläufig Tisch mit Stuhl stellen wird. Und die damit dann fertig ist, unglaublich! Sonst braucht sie für die erste Zeit nur noch eine Matratze. Daneben stellt sie die Truhe mit den Linolschnitten. Die Matratze hat Lena schon besorgt. Was Lena in den sechs Wochen geschafft hat, ist wirklich bewundernswert. „Glück gehabt", hat sie immer gesagt. „Schon wieder Glück gehabt." Oder: „Das soll einfach so sein." Und dann hat sie ein bisschen geschwiegen am Telefon, beeindruckt von so viel Zufall. Hat Paula angesteckt, die 600 Kilometer entfernt ebenfalls schwieg und dankbar war.

Darum will Lena auch als letztes, wenn alle ihre Sachen im Auto sind, mit Paula in die Kirche gehen und Kerzen anzünden. „Wegen all dem und überhaupt" hat sie gesagt.
Gleich wird sie klingeln. Paula steht auf.

www.tredition.de

Über tredition

Der tredition Verlag wurde 2007 in Hamburg gegründet und ermöglicht Autoren das Publizieren von e-Books, audio-Books und print-Books. Autoren veröffentlichen ihre Bücher selbständig oder auf Wunsch mit der Unterstützung von tredition. print-Books sind in allen Buchhandlungen sowie bei Online-Händlern gedruckter Bücher erhältlich. e-Books und audio-Books können auf Wunsch der Autoren neben dem tredition Web-Shop auch bei weiteren führenden Online-Portalen zum Verkauf angeboten werden.

Auf www.tredition.de veröffentlichen Autoren in wenigen leichten Schritten ihr Buch. Zusätzlich bieten zahlreiche Literatur-Partner (das sind Lektoren, Übersetzer, Hörbuchsprecher und Illustratoren) ihre Dienstleistung an, um Manuskripte zu verbessern oder die Vielfalt zu erhöhen. Autoren können dieses Angebot nutzen und vereinbaren unabhängig von tredition mit Literatur-Partnern ihre Zusammenarbeit und partizipieren gemeinsam am Erfolg des Buches.

Zeitfracht Medien GmbH
Ferdinand-Jühlke-Straße 7
99095 Erfurt, Deutschland
produktsicherheit@kolibri360.de

—